맥베스
Macbeth

맥베스

초판 1쇄 발행 2014년 11월 20일

지은이   윌리엄 셰익스피어
옮긴이   박상곤
펴낸이   한승수
펴낸곳   온스토리

편 집   고은정 신주식
마케팅   심지훈
디자인   오성민

등록번호   제2013-000037
등록일자   2013년 2월 5일

주 소   서울특별시 마포구 연남동 565-15 지남빌딩 309호
전 화   02 338 0084
팩 스   02 338 0087
E-mail   moonchusa@naver.com

ISBN   978-89-98934-26-2 04800

온스토리 세계문학 014

맥베스
Macbeth

윌리엄 셰익스피어 지음·박상곤 옮김

윌리엄 셰익스피어

차례

등장인물

어덩컨 스코틀랜드 왕

맬컴, 도날베인 덩컨 왕의 아들

덩컨 왕 군대의 장군

맥베스 글래미스 경, 훗날 코더 영주, 이어 스코틀랜드 왕이 됨

맥베스 부인

맥베스 성의 문지기

시턴 맥베스의 하인

전의

시녀 맥베스 부인의 시종

세 명의 자객

뱅코 귀족

플리언스 뱅코의 아들

맥더프 파이프 영주

맥더프 부인

맥더프의 아들, 레녹스, 로스, 앵거스, 케스니스

멘티스 스코틀랜드 귀족들

노인

시워드 노섬벌랜드 백작

시워드 아들

영국 궁중 의사

마녀 셋 운명의 자매들이라고도 함

헤카테 마녀들의 여왕

영주들, 스코틀랜드 귀족들, 시종들, 하인들, 횃불 드는 사람들, 군인들, 기수들, 전령

망령들(투구 쓴 머리, 피 흘리는 아이, 왕관 쓴 아이, 여덟 왕의 쇼)

제1막

1막 1장1)

장면 1

천둥과 번개가 치고 세 마녀 등장

마녀 1 우리 셋, 언제 다시 만날까?

천둥 칠 때, 번개 칠 때, 아니면 비올 때?

마녀 2 한바탕 소동이 끝나고,

전쟁의 승패가 갈리면.

5   **마녀 3** 그건 바로 해지기 전일 거야.

마녀 1 장소는 어디?

마녀 2 황야지.

마녀 3 거기서 맥베스를 만나자.

마녀 1 갈게, 회색 고양이.2)

10   **마녀 2** 두꺼비3)가 부르네.

마녀 3 곧 갈게.

모두 맑음은 흐림, 흐림은 맑음.

날아가자, 안개와 더러운 대기 속으로.   *모두 퇴장*

---

1) **장소** 황야.

2) 마녀1의 영물.

3) 마녀2의 영물.

1막 2장[4)]

무대 안에서 나팔 소리, 덩컨 왕, 맬컴, 도날베인, 레녹스,
시종들과 함께 등장, 피 흘리는 장교를 만난다

덩컨 아니, 저 피투성이가 된 자는 누구냐?
상태를 보니 반란의 근황을 알려줄 수 있겠구나.
맬컴 이자가 바로 그 장군입니다.
정말 용감무쌍한 군입답게 싸워
5   포로가 될 뻔한 저를 구해 주었습니다.
잘 왔네, 용감한 친구!   장교에게
자네가 떠날 때 전쟁의 상황이 어땠는지
폐하께 말씀드리게.
장교 상황은 불투명하였습니다.
10   마치 헤엄치다 기진맥진해진 두 사람이 서로 뒤엉켜
물속에서 허우적대는 꼴이었습니다.
무자비한 맥도널드는 ─ 반역자가 되고도 남을 자입니다.
인간성의 악이란 악은 죄다 끌어들이는 걸 보면 ─
서해 열도[5)]에서 용병과 기마병을 지원받았으며,
15   운명의 여신도 그의 무도한 싸움을 보고 미소를 지었는데,
마치 역적의 창녀같았습니다.

---

4) **장소** 스코틀랜드. 확실치 않지만 야외.
5) **Western Isles** 스코틀랜드의 서부 섬들로 헤브리디스 제도를 가리킨다.

하지만 모든 것이 역부족이었죠.

용감한 맥베스는 — 그 이름에 걸맞게 — 운명을 무시하고,

피비린 살상에 그을린 번쩍이는 칼을 휘둘러

20 용맹의 총아처럼 길을 뚫고 나아가,

마침내 그 악한과 만났지요.

그러고는 악수나 작별의 인사도 없이

배꼽에서 턱까지 단칼에 베어

그의 목을 성벽 높이 매달아 놓았습니다.

25 **덩컨** 오, 용감한 나의 사촌이여, 훌륭한 사나이로다!

장교 태양이 빛을 발하는 곳에서

갑자기 배를 뒤엎는 폭풍과 무서운 천둥이 일어나듯이,

안도의 샘이 솟아나는 듯한 그곳에서

불안이 고조되었습니다.

30 스코틀랜드의 왕이시여, 주목하소서.

용맹으로 무장한 정의의 군사들이

적의 용병들을 무찔러 압승을 거두자

노르웨이 왕이 기회를 엿보고 있다가

무기를 정비하고 신병을 증강하여

35 새로 공격을 개시했습니다.

덩컨 우리 맥베스와 뱅코 장군은 겁먹지 않았느냐?

장교 예 물론이지요,

마치 독수리가 참새에게, 사자가 토끼에게 하듯이요.

사실 두 장군들은

40   화약을 두 배로 넘치게 장전한 대포 같았습니다.

그분들은 적에게 갑절의 공격을 잇달아 퍼부었사옵니다.

피를 뿜는 상처 속에서 목욕을 하려는 건지

아니면 또 하나의 골고다 언덕[6]을 기념하려는 것인지

알 수 없습니다만.

45   하오나 전 정신이 혼미하고

상처 때문에 견딜 수가 없사옵니다.

덩컨 그대의 상처는 그대의 보고와 잘 어울리는구나.

둘 다 명예롭도다.

그를 의사에게 데리고 가라.   장교 부축 받아 퇴장

로스와 앵거스 등장

50   저기 누가 오는가?

맬컴 로스 영주입니다.

레녹스 참으로 서두르는 빛이 역력합니다!

무슨 심상치 않은 말씀을 아뢰올 것 같사옵니다.

로스 만수무강하옵소서!

55 **덩컨** 어디서 오는 길이오, 로스 영주?

로스 파이프에서 오는 길입니다, 폐하.

노르웨이 군이 깃발을 흔들며 하늘을 능멸하는 바람에

---

6) Golgotha '해골 곳'으로 예수가 십자가형을 당한 곳이다.

백성들은 간담이 서늘해졌습니다.

노르웨이 왕이 직접 엄청난 대군을 이끌고

60 대역무도한 반역자 코더 영주의

지원을 받아 끔찍한 싸움을 개시하였습니다.

벨로나의 신랑7)이 철갑으로 무장하고

적장과 직접 맞붙어

칼에는 칼로, 반역의 팔뚝에는 팔뚝으로

65 오만불손한 적장의 기를 꺾어 버렸습니다.

그리하여 마침내 승리는 아군의 것이 되었습니다.

덩컨 큰 경사로다!

로스 그리하여 지금 노르웨이 왕 스웨노가

평화 협정을 간청하지만

70 우리는 전사자를 매장하는 것조차 허락하지 않을 것입니다.

적이 세인트 코옴 인치8)에서 배상금으로

일만 달러9)를 내놓기 전에는 말입니다.

덩컨 코더 영주가 더 이상 과인의 신임을

배신하진 못할 것이오.

75 가서 그자를 즉각 처형토록 하고

그의 예전 작위를 맥베스에게 주어 맞으라.

---

7) Bellona's bridegroom 맥베스를 가리킴. 벨로나는 로마신화에 나오는 전쟁의 여신이다.

8) Saint Colme's inch 스코틀랜드 동부 해안 어귀의 포스 만에 있는 섬.

9) 독일 탈레르와 여러 북부 국가에서 사용하던 은화를 영어로 일컫는 말.

로스 분부대로 거행하겠나이다.

덩컨 그가 잃은 것을 맥베스가 얻었도다.　　　　　　모두 퇴장

1막 3장[10)]
장면 3

천둥 치고, 세 마녀 등장

마녀 1 동생은 어디 있었어?

마녀 2 돼지를 잡고 있었지.

마녀 3 언니는 어디?

마녀 1 어떤 뱃사람의 마누라가 무릎 위에 알밤을 놓고
5　　오독오독 씹어 먹고 있기에 '나 좀 줘' 했더니,

엉덩이 큰 여편네가

'저리 가, 이 마녀야!' 하고 악을 쓰는 거야.

고년의 남편은 타이거 호의 선장인데 알레포에 갔어.

하지만 난 체를 타고 바다를 건너가

10　　꼬리 없는 쥐로 변장해

할 테야, 할 테야, 하고 말 테야.[11)]

마녀 2 내가 바람을 불어 줄게.

---

10) **장소** 황야.

11) 성교를 말함(마녀들은 희생물이 될 남자를 자주 유혹했다고 한다).

마녀 1 고마워.

마녀 3 나도 하나 불어 줄게.

15 **마녀 1** 다른 바람은 내가 다 가지고 있어.

바람이 통하는 항구들이나

선원의 지도에 나와 있는

바람 부는 모든 구역이 다 내 거지.

그년의 남편을 건초처럼 말려 버리겠어.

20 밤이건 낮이건 그놈의 차양 같은 눈꺼풀 위엔

잠이 깃들지 못하게 하고

저주받은 인간으로 살게 해 줄 테야.

일주일을 아홉에 아홉 번12)씩 허덕이게 하면

말라 비틀어져 죽겠지.

25 그놈의 배가 실종되게는 할 수 없지만

폭풍우로 뒤흔들 수는 있지.

좀 봐, 내가 뭘 가지고 있는지.

마녀 2 보여줘, 보여줘.

마녀 1 이건 키잡이의 엄지야.

30 집으로 돌아오는 귀항 길에 난파당했지.

　　　　　　　　　　　　　　　　　무대 안에서 북소리

마녀 3 북소리다, 북소리!

맥베스가 왔구나.

---

12) 일주일은 7일이고, 그 아홉의 아홉은 81주를 뜻한다.

모두 운명의 자매들이 손에 손을 잡고 손을 잡고 둥글게 춤춘다
　　 바다건 땅이건 빠르게 이동하는 우리들,
35　 이렇게 돌아, 이렇게 돌아,
　　 네 쪽으로 세 번, 내 쪽으로 세 번,
　　 한 번 더 세 번이면, 아홉 번이 되는구나.
　　 쉿! 마법이 걸렸다.

　　 맥베스와 뱅코 등장

맥베스　이렇게도 궂은 날씨에 맑은 날은13) 난생 처음이오.
40　 **뱅코**　포레스까지는 얼마나 된다 하오? 이것들은 뭐지?
　　 이렇게도 시들어 빠진 것들이 요상한 옷을 걸치고 *마녀들에게*
　　 땅 위에 사는 것 같지는 않은데
　　 땅 위에 있지 않느냐? 살았느냐?
　　 아니면 사람이 말이라도 건넬 수 있는 것들이냐?
45　 내 말을 알아듣는 것 같은데,
　　 마른 입술에 험하게 튼 손가락을
　　 모두 갖다 대는 걸 보니.
　　 여자임은 분명한데,
　　 수염이 있는 걸 보니 그렇다고 말하기도 어렵구나.

---

13) 승전의 관점에서 말한 것. 또한, 1장에서 마녀들이 "모두 맑음은 흐림, 흐림은 맑음."이라고 하며 퇴장하였다가 3장에 다시 등장하여 맥베스를 가리키며 "마법이 걸렸다."라고 하는 것을 보면 맥베스가 마녀들의 주문에 걸린 것임을 알 수 있다.

50   **맥베스** 말할 수 있으면 해보아라. 너희 정체는 뭐냐?

      마녀 1 만세, 맥베스! 만세, 글래미스의 영주님!

      마녀 2 만세, 맥베스! 만세, 코더의 영주님!

      마녀 3 만세, 맥베스! 만세, 장차 왕이 되실 분!

      뱅코 장군, 왜 그렇게 놀라시오?

55   이리 듣기 좋은 소리를 두려워하는 듯한 이유가 뭐요?

      진실로 묻노니 너희들은 환영이냐,   *마녀들에게*

      아니면 정말 겉으로 보이는 그대로냐?

      나의 고귀한 동료는

      너희가 현재의 칭호로 영접하고,

60   앞으로 드높은 작위를 얻고 왕위에 오른다는

      희망의 예언으로 맞이해 주니 넋이 나간 것 같구나.

      그런데 내게는 아무 말도 없구나.

      너희가 시간의 씨앗 속을 들여다보고

      어떤 게 자라고 안 자랄지 알 수 있다면 내게도 말을 해 다오.

65   난 너희의 호의를 구걸하지도,

      너희의 증오를 두려워하지도 않는다.

      마녀 1 만세!

      마녀 2 만세!

      마녀 3 만세!

70   **마녀 1** 맥베스보다 못하지만, 더 위대한 분.

      마녀 2 운이 좋지 않지만 더 실속 있는 분.

      마녀 3 왕이 되지는 않지만 왕을 낳을 분.

그러니 맥베스와 뱅코 모두 만세!

마녀 1 맥베스와 뱅코 모두 만세!

75 **맥베스** 잠깐, 영문도 모를 소리를 지껄이는구나.

더 자세히 말해 보라.

선친 사이넬이 돌아가신 후

내가 글래미스의 영주가 된 것은 알고 있다만

코더의 영주라니? 코더의 영주는 멀쩡히 살아 계시며

80 앞길이 창창한 분이시다. 게다가 왕이 된다니?

코더의 영주가 된다는 말보다 더욱 믿지 못할 허황된 소리.

말해 보라. 어디서 이런 이상한 정보를 얻었는지,

또 어찌하여 이 저주받은 황야에서

그 같은 예언의 환영사로 우리 길을 가로막는 것인지.

85 말하라, 명령이다. *마녀들 사라진다*

뱅코 바다에만 거품이 있는 줄 알았더니 땅에도 있구나.

바로 이것들 말이지. 대체 어디로 사라졌지?

맥베스 공중으로. 형체가 있는 줄 알았더니

숨결처럼 바람 속으로 녹아들고 말았소.

90 좀 더 머물렀으면 좋았을 것을.

뱅코 우리와 얘기하던 게 실제로 여기 있었소?

아니면 우리가 이성을 마비시켜

미치게 만드는 독초라도 먹은 것이오?

맥베스 장군의 자손들이 왕이 될 것이라.

95 **뱅코** 장군은 왕이 될 것이고요.

맥베스 그리고 코더의 영주도 된다 하지 않았소?

뱅코 바로 그렇게 말했고 말고요. 아니 이게 누군가?

로스와 앵거스 등장

로스 맥베스 장군,

폐하께서 장군의 승전 소식을 듣고 크게 기뻐하셨소.

100 그리고 역적과의 싸움에서

장군이 몸소 용전분투勇戰奮鬪하신 보고서를 읽으시고는

경탄과 찬사를 금치 못하셨소.

그리하여 묵묵히

하루의 전황을 훑어보시고

105 장군이 그 견고한 노르웨이 진중에서

추호도 두려워하지 않고 무시무시한 죽음의 형상들을

이루어 놓으신 것을 아시었소. 꼬리에 꼬리를 물고

들어오는 전령들은 하나같이 모두가

장군께서 폐하의 왕국을 위대하게 지켜 낸 것에 대해

110 칭송을 쏟아 놓았습니다.

앵거스 저희는 폐하의 치사를

폐하라는 분부를 받고 왔습니다.

그저 장군을 어전으로 모실 뿐

보상은 따로 내리실 겁니다.

115 **로스** 그리고 보다 더 큰 영예를 내리시는 약속으로

장군을 코더의 영주라 부르라고 분부하셨습니다.

그 칭호로 환영합니다. 당신의 것입니다.

가장 훌륭한 영주시여.

뱅코 뭐, 악마 얘기가 진짜라고?

120 **맥베스** 코더 경은 살아 계신데

왜 나에게 빌린 예복을 입히려 하시오?

앵거스 옛 영주였던 그자가 아직 살아 있기는 합니다만

무거운 형벌을 받고 죽을 목숨을 부지하고 있습니다.

그가 노르웨이 군과 결탁했는지,

125 몰래 원조와 편의를 제공하여 적과 내통했는지,

혹은 이중으로 국가의 패망을 꾀했는지 알 수는 없소만,

스스로 대역죄를 고백했고 입증도 되었기에

그는 몰락했소.

맥베스 글래미스, 그리고 코더의 영주라.   방백

130 가장 중요한 것이 남았군. 수고들 하셨소.   로스와 앵거스에게

장군은   뱅코에게만 들리게

자손들이 왕이 되는 걸 바라지 않소?

그것들이 내게 코더의 영주 자리를 주며

그 못지않은 서약을 했을 때 말이오.

135 **뱅코** 그 말을 곧이곧대로 믿는다면,   맥베스에게만 들리게

장군은 코더의 영주뿐 아니라

왕관에 대한 욕망에 불타게 될 것이오.

그런데 이상하죠.

어둠의 앞잡이들은 우리를 해치기 위해

140   종종 진실을 말하곤 하지요.

사소한 일에 정직하게 말해 놓고

중대한 일에는 배신하는 것 말입니다.

사촌들, 할 말이 있소.   로스와 앵거스와 따로 대화한다

맥베스 두 가지는 맞았군.   방백

145   왕권을 주제로 한 기막힌 연극의 행복한 서문처럼.

두 분 감사하오.   로스와 앵거스에게

이 불가사의한 선동은   방백

흉조도 아니고, 길조도 아니다.

흉조라면 왜 내게 먼저 진실을 일러 주어

150   성공의 서약을 보여 주었을까?

나는 코더의 영주가 되었다.

만약 길조라면, 왜 내가 끔찍한 모습을 한 유혹에 빠져

이렇게 머리칼이 쭈뼛 서고 차분하던 내 심장이

자연의 법칙을 어기고

155   늑골을 치며 방망이질을 하는 것일까?

눈앞의 두려움은 끔찍한 상상에 비하면 아무것도 아니다.

시역弑逆은 아직 공상에 불과하건만

그 생각이 내 평온한 마음을 뒤흔들고

억측이 분별을 짓눌러 마비시키니

160   오로지 헛것들만 보이는구나.

뱅코 보시오, 장군이 넋이 나갔구려.

맥베스 만약 운명이 나를 왕으로 만들어 줄 것이라면,　　　방백

운명이 내게 왕관을 씌워 주리라.

내가 애쓰지 않아도.

165　**뱅코** 새로운 영예가 그에게 내리니

새로 입은 옷처럼 몸에 잘 익지 않은 모양이군.

하지만 입어서 길들여야지.

맥베스 뭐든 오라지.　　　방백

시간의 흐름은 막을 수 없고 험한 날도 끝이 있겠지.

170　**뱅코** 맥베스 장군, 우리는 장군의 뜻을 기다리고 있소.

맥베스 용서하시오.

잊었던 일들 때문에 둔한 머리가 복잡했구려.

두 분의 노고는 마음속에 적어 두었으니

매일 책장을 넘겨 읽으며 기억하도록 하겠소.

175　자, 그럼 폐하를 뵈러 갑시다.

이 뜻밖의 일을 생각해 보시오.　　　뱅코에게만

시간을 갖고 신중히 생각해 본 다음

나중에 허심탄회하게 얘기해 봅시다.

뱅코 기꺼이 그러하겠소.

180　**맥베스** 그럼 됐소. 자 다들 갑시다.　　　모두 퇴장

1막 4장¹⁴⁾

장면 4

나팔 소리, 덩컨 왕, 레녹스, 맬컴, 도날베인, 시종들 등장

덩컨 코더의 사형은 집행되었느냐,

아니면 집행관들이 아직 돌아오지 않았느냐?

맬컴 폐하,

아직 돌아오지 않았사옵니다.

5 　　하오나 그의 최후를 목격한 사람의 말에 따르면,

그는 솔직하게 대역의 죄상을 고백하고

폐하의 용서를 간청하며

깊은 참회의 모습을 보였다 하옵니다.

그의 평생에 이렇게 떠나는 것보다

10 　더 어울리는 모습은 없었습니다.

마치 죽음을 연습해 온 사람처럼 죽었으며,

자신이 가진 가장 소중한 것¹⁵⁾을

마치 하찮은 물건처럼 버렸다고 하옵니다.

덩컨 사람의 얼굴만 보고

15 　그 마음을 읽는 기술은 없구나.

그는 내가 절대적으로

---

14) **장소** 스코틀랜드, 정확한 장소는 모름.

15) 목숨, 생명을 가리킨다.

신임한 사람이었거늘.

맥베스, 뱅코, 로스, 앵거스 등장

오, 훌륭하신 사촌,
배은망덕한 내 죄가 지금도 마음을 짓누르고 있소.
20 경의 공적이 너무 앞서가니
보답의 아무리 빠른 날개를 달아도
도무지 따라잡을 길이 없소. 경의 공적이 좀 적었다면
과인의 힘으로 감사와 보답의 균형을 맞출 수 있었을 텐데.
내 할 말은 이것뿐이오.
25 그대의 공적은 아무리 보답을 하여도 다하지 못할 만큼
큰 것이라고 말이오.
맥베스 제가 진 봉사와 충성의 빚은
제 소임을 다함으로써 갚게 됩니다.
폐하의 역할은 저희의 의무를 받으시는 것이고,
30 저희의 의무는 폐하의 자식이자 하인으로서
폐하의 왕권과 왕위에 경의를 표하며
폐하의 사랑과 영예에 보답코자
폐하의 안위를 위해 모든 일을 다하는 것입니다.
덩컨 잘 오셨소.
35 나는 그대를 심어 가꾸기 시작했으니
잘 자라도록 힘쓸 것이오. 뱅코 경,

경의 공적도 적지 않으며, 적다고 알려져도 아니 될 것이오.

그대를 포용하고 가슴에 안게 해 주시오.   *그를 껴안는다*

뱅코 제가 자라면 그 수확물은 폐하의 것이옵니다.

40   **덩컨** 과인의 무한한 기쁨이 넘쳐흘러

자꾸 슬픔의 눈물 속으로 숨으려 하는구나.

왕자들, 친척들, 영주들이여,

그리고 가장 가까이 있는 경들에게 알리노니

과인은 장자 맬컴을 세자로 봉할 것이며,

45   지금부터 그를 컴벌랜드의 왕자라 부를 것이오.

이 명예는 비단 그에게만 주어져서는 안 될 것이며,

영예의 표식이 모든 공신들 위해

별처럼 빛날 것이오.

그럼 지금부터 인버네스16)로 가서   *맥베스에게*

50   짐이 앞으로 신세를 져야겠소.

맥베스 휴식도 폐하를 위해 쓰이지 않으면 노동일 뿐입니다.

제 스스로 전령이 되어 폐하가 행차하심을

제 처에게 알려 기쁘게 하겠습니다.

그럼 이만 물러가겠습니다.

55   **덩컨** 참으로 훌륭한 코더여.

맥베스 컴벌랜드의 왕자라.   *방백*

이것은 내가 쓰러지든지 뛰어 넘든지 해야 할 계단이다.

---

16) Inverness 스코틀랜드 북쪽 맥베스의 성이 있는 마을.

내 앞길을 막고 있으니. 별들이여, 그 빛을 감추어라.

불빛이 내 검고 깊은 욕망을 보지 못하게 하고,

60 눈은 손이 하는 짓을 보지 못하게 하라.

그러나 일이 끝났을 때

눈이 보기 두려울 그 일을 해치워야 한다.　　　　　　　　퇴장

덩컨 사실이오, 뱅코 장군. 맥베스 장군은 참으로 용감하오.

그에 대한 칭찬을 배부르게 들으니

65 마치 향연이나 다름없소. 자, 그의 뒤를 따릅시다.

우리를 환대할 것이 걱정되어 앞서 간 것이오.

친척 중에 누가 그를 따라가겠소?　　　　나팔소리, 모두 퇴장

1막 5장¹⁷⁾

장면 5

맥베스의 부인, 홀로 편지를 들고 등장

맥베스 부인 '그들은 나를　　　　　　　　　　　편지를 읽는다

승전의 날에 만났다오.

그리고 나는 가장 완벽한 정보를 통해

그들이 인간의 지식보다 더 많이 알고 있음을 알았다오.

---

17) **장소** 맥베스의 성, 인버네스.

5 내가 좀 더 자세히 물어보고 싶은 욕망에 타올랐을 때,

그들은 공기가 되어 사라져 버렸다오.

놀란 내가 넋을 잃고 있자니

폐하의 전령들이 와서 나를 '코더의 영주'라며

환영하는 것이 아니겠소. 그 운명의 자매들이

10 앞서 나에게 경의를 표한 바로 그 직위 말이오.

그들은 또한 나보고 "앞으로 다가올 때에

왕이 되실 분, 만세!"라고 말했소.

이 사실을 ― 내 권세의 동반자인 가장 사랑하는 ―

당신에게 먼저 알려야겠다고 생각한 것이오.

15 어떤 권세가 약속돼 있는지 몰라서

당신이 누릴 기쁨의 몫을 놓쳐서는 안 될 일이니까 말이오.

이것을 명심하시오. 그럼 이만.'

당신은 글래미스, 코더의 영주시니,

장차 약속된 지위도 차지하게 될 거예요.

20 하지만 당신의 성품이 걱정되어요.

당신은 인정이 너무 많아 가까운 길은 놓치거든요.

당신은 위대하게 되길 원하고 야망이 없는 것도 아니지만,

야망을 성취하기 위해 필요한 사악함이 없어요.

높은 것을 바라면서 그것을 신성하게 이루려 하지요.

25 이는 속이는 건 꺼리면서 부당하게 얻으려는 것입니다.

위대한 글래미스 영주님, 당신은, 그것을 가지려면

'넌 이렇게 해야 해'라고 외치는 것들을 원해요.

그런데 당신은 그 일을 그만두는 것은 원치 않으시면서

그 일을 하기를 두려워하는 거예요.

30   위대한 영주여, 어서 돌아오세요.

그러면 제가 당신의 귓속에 제 기운을 불어 넣고

운명과 초자연의 도움으로

당신이 쓰게 될 그 왕관을 방해하는 모든 것을

제 혀의 지혜와 용기로 꾸짖어 주겠어요.

전령 등장

35   무슨 소식이냐?

전령 폐하께서 오늘 밤 이곳으로 오신답니다.

맥베스 부인 정신 나간 소리를 하는구나.

네 주인이 폐하와 함께 있질 않느냐?

그렇다면 준비하라는 연락이 있었을 텐데.

40   **전령** 황송하옵니다만, 사실입니다.

영주님께서도 돌아오고 계십니다.

소인의 동료가 영주님을 앞질러 와,

숨을 헐떡이며

간신히 이 소식을 전해 주었습니다.

45   **맥베스 부인** 그를 보살펴 주어라.

그가 굉장한 소식을 가져왔구나.   전령 퇴장

까마귀도 저렇게 목이 쉬도록 울부짖으며

내 흉벽 안으로 들 덩컨의 운명적인 입성을 알리는구나.

자, 무서운 음모를 꾸미는

50 　악령들아, 나의 여성다움을 없애고

머리부터 발끝까지 무시무시한 잔인함으로

나를 채워 다오. 내 피를 탁하게 만들고

동정심의 입구와 통로를 막아 버려

인간 본연의 측은한 마음이 나를 찾아와

55 　목표가 달성될 때까지 내 목적을 뒤흔들지 않고

평안이 깃들지 못하게 해 다오. 나의 가슴으로 들어와

나의 젖을 담즙으로 바꿔 다오. 보이지 않는 형체로

어디에서든 인간의 재앙을 돕는 살육의 정령들아.

오라, 짙은 밤이여.

60 　지옥의 그 검은 연기로 네 몸을 휘어감아

내 날카로운 칼이 낸 상처를 보지 못하게 해 다오.

하늘도 그 어둠의 장막 사이로 엿보고

'멈춰라, 멈춰라!' 소리 지르지 못하게!

맥베스 등장

위대한 글래미스 경! 훌륭하신 코더의 영주님!

65 　훗날 만세 소리와 함께 그보다 더 위대하게 되실 분!

당신의 편지는 지금의 이 무지한 현재를 넘어

저를 데려가 지금 이 순간 저는 미래를 느낀답니다.

맥베스 내 사랑,

덩컨이 오늘 밤 이곳에 온다오.

70 **맥베스 부인** 그럼 언제 이곳을 떠나지요?

맥베스 내일이오. 그가 예정한 바로는.

맥베스 부인 오,

태양18)은 내일을 보지 못하리라!

저의 영주님, 당신의 얼굴은

75 사람들이 이상한 것을 읽을 수 있는 책과 같아요.

세상을 속이려면 세상 사람들과 같은 표정을 지으세요.

눈과 손, 혀에 환영의 뜻을 드러내야지요.

순진한 꽃처럼 보이지만 그 밑에 숨은 독사가 되세요.

오시는 손님을 맞이할 준비를 해야겠습니다.

80 그리고 오늘 밤의 큰일은 제 손에 맡기세요.

이 일은 앞으로 남은 우리 삶에

아주 크고 대단한 영향을 주게 될 겁니다.

맥베스 나중에 다시 얘기합시다.

맥베스 부인 그저 순진한 얼굴을 하세요.

85 안색을 바꾼다는 것은 두려워한다는 뜻입니다.

나머지는 제게 맡기세요.   모두 **퇴장**

---

18) 태양은 전통적으로 왕을 상징하는 상징물로 인용되곤 한다.

1막 6장[19)]

장면 6

오보에 소리와 횃불, 덩컨 왕, 맬컴, 도날베인, 뱅코, 레녹스,

맥더프, 로스, 앵거스, 시종들 등장

덩컨 이 성은 터가 좋군.

상쾌하고 감미로운 공기가

과인의 기분을 편안하게 하는구나.

뱅코 여름 손님인

5   사원에 서식하는 제비가

사랑의 둥지를 트는 것을 보면

하늘의 공기가 향기롭게 풍기고 있다는 증거이옵니다.

추녀, 서까래, 버팀벽 등 적당하다 싶은 곳이면

둥지를 틀고 새끼 칠 요람을 만들지 않는 곳이 없습니다.

10   제가 보기에, 제비들이 새끼를 치고 자주 드나드는 곳은

공기가 좋습니다.

맥베스 부인 등장

덩컨 보시오, 보시오, 우리 존경하는 안주인.

---

19) **장소** 맥베스 성 밖.

나를 따르는 호의가 때로는 귀찮기도 하지만

그래도 그것이 사랑이기에 여전히 감사하다오.

15 그러니까 내 말은

과인이 끼치는 번거로움이나 부인의 수고는

신께서 보상해 주실 것이오.

맥베스 부인 저희가 모든 점에서 두 번씩,

또 곱절로 봉사하더라도,

20 폐하께서 저의 가문에 내려주신

깊고도 넓은 영예에 비하면

보잘것없고 하찮은 것에 지나지 않사옵니다.

예전 작위에, 최근에 작위까지 내려주셨으니

저희는 그저 폐하를 위해 기도할 뿐이옵니다.

25 **덩컨** 코더의 영주는 어디 있소?

과인은 그의 징발관이 되고자 그를 바짝 뒤쫓아왔소.

하지만 그는 말을 잘 타는 데다

박차처럼 날카로운 그의 커다란 사랑이

과인보다 먼저 이곳에 도착하도록 도왔구려.

30 아름답고 고결한 부인,

과인이 오늘 객이 될 것이오.

맥베스 부인 저희는 언제나 폐하의 종복입니다.

저희 하인은 물론, 저희 자신과 그 밖의 모든 것을

폐하께 빌린 것이오니 분부만 하시면 모두 청산하여

35 폐하께 돌려드리겠습니다.

덩컨 손을 주시오.

바깥주인에게 나를 데려다 주시오.

과인은 그를 크게 아끼며 과인의 총애는 변치 않을 것이오.

그러면 부인, 실례하오.　　　　　　　　　　모두 퇴장

1막 7장 20)
장면 7

오보에 소리와 횃불,

급사장과 요리 접시를 나르는 하인들이 무대 위를 지나간다,

맥베스 등장

맥베스 정확하게 일을 끝내고,

그것으로 끝이라면 빨리 해치워 버리는 게 낫겠다.

왕의 암살로 뒷일을 얽어매고

왕의 죽음으로 성공을 낚아챌 수 있다면,

5　　　그래서 이 일격으로 만사가 종결될 수 있다면,

바로 여기, 시간의 둑과 여울에서

우리는 내세를 걸고 뛰어넘으리라.

하지만 이런 경우에는 언제나 현세의 심판을 받는다.

---

20) **배경** 맥베스의 성 안.

그래서 우리가 피 흘리는 교훈을 가르치기만 하면,
10   배운 자가 되돌아와 가르친 자를 괴롭히게 마련이다.
공평한 정의의 여신은 우리가 부은 독배를
반드시 우리의 입술에 붓는다.
왕은 지금 이중의 신뢰를 가지고 이곳에 있다.
우선, 내가 왕의 친척이자 신하로서
15   그러한 행위를 절대로 허용하지 않을 것이라는 믿음.
둘째, 집주인으로서 내 스스로 칼을 들 게 아니라
자객에 대항하여 문을 닫아야 한다는 믿음이 그것이다.
더구나 덩컨 왕은 큰 힘을 지니고도 너무나 겸손하고,
너무나 청렴하게 왕권을 행사해왔기 때문에
20   그의 덕망은 이 천하에 빌어먹을 암살에 맞서
나팔의 혀를 가진 천사처럼 호소할 것이다.
그리하여 연민은 벌거숭이 갓난아이처럼 돌풍을 타고,
또는 천사처럼 보이지 않는 바람의 전령 위에 올라타
이 끔찍한 행위를 만인의 눈 속에 불어넣어
25   그 눈물이 바람을 잠재울 것이다.
내 계획의 옆구리에 박차를 가하는 것은
오직 치솟는 야심뿐, 너무 높이 치솟아
저편으로 떨어지는—

맥베스 부인 등장

왜, 무슨 일이오?

30 **맥베스 부인** 왕이 식사를 거의 끝내 가요.

왜 연회장을 나가셨어요?

맥베스 그가 날 찾았소?

맥베스 부인 그럼 모르셨어요?

맥베스 이번 일은 그만두기로 합시다.

35 폐하께서 최근 나에게 영예를 내려주지 않았소.

게다가 난 모든 사람에게서 찬사를 받고 있으니

지금 이렇게 가장 새롭고 반짝이는 것을

그렇게 빨리 던져 버리고 싶지 않소.

맥베스 부인 그럼 아까까지 당신이 입고 있던 희망은

40 술에 취한 탓이었던 건가요? 그 뒤로 잠든 건가요?

그런데 지금 깨 보니까 그렇게 기꺼이 했던 일이

이젠 지겹고 파랗게 질려 보인다 이거예요?

이제부턴 당신의 사랑도 그런 줄로 알게요.

당신의 욕망에 걸맞은 적극성과

45 용기를 가진 사람이 되는 게 두려운가요?

당신은 가치가 있는 것21)을 가지고 싶어하면서도

속담에 나오는 불쌍한 고양이22)처럼

"하고 싶다" 하면서도 "감히 못하겠어"라고 되뇌면서

스스로 비겁자로 살 거예요?

---

21) 왕관을 가리킨다.

22) 생선을 먹고 싶으면서도 발은 적시기 싫어하는 고양이.

50 **맥베스** 제발, 조용히 하시오.

사내에게 어울리는 일이라면 난 무엇이든 하겠지만

그보다 더한 짓을 하려는 사람은 아마 없을 거요.

맥베스 부인 아까 이 계획을 나에게 털어놓게 한 것은

무슨 짐승이었나요?

55 그 일을 감행코자 했을 때 당신은 진정한 사나이였어요.

그러니 그 이상의 것을 하시면 더더욱 사내다워질 거예요.

그땐 시간과 장소가 맞지 않았어도 그것을 맞추려고 했죠.

그런데 지금은 저절로 맞아떨어지니,

이젠 너무 꼭 맞아서 당신이 뒷걸음치는 거군요.

60 저는 젖을 먹여 봐서

젖 빠는 아기가 얼마나 귀여운지 잘 알고 있어요.

하지만 제가 만일 당신처럼 이 일을 하기로 맹세했다면

나는 그 아기가 나를 보고 미소 짓고 있어도,

그 이 없는 잇몸에서 젖꼭지를 잡아 빼고

65 머리통을 박살냈을 거예요.

맥베스 만약에 실패한다면?

맥베스 부인 실패라고요?

그저 최대한 용기를 내기만 하면 돼요.

그리고 우리는 실패하지 않아요. 덩컨이 잠들었을 때,

70 ─물론 오늘 하루 종일 힘겨운 여행을 했으니

곤히 잠들 거고─제가 두 명의 침실 당번에게

와인과 술을 잔뜩 먹이면

그들의 두뇌를 지키는 기억력은 연기가 되고,

이성을 담는 그릇은 증류기가 되고 말겠죠.

75 술에 잔뜩 절어서 죽은 듯이 뻗어 돼지처럼 잠이 들면

당신과 제가 무방비 상태인 덩컨에게

못할 일이 뭐 있어요?

또 그렇게 곯아떨어진 시종들에게

우리가 저지른 시역죄를 뒤집어씌우지

80 못할 게 뭐 있냐고요?

맥베스 앞으로 사내아이만 낳으시오.

그 담대한 기질로는

사내만 낳을 수밖에 없겠소.

그 방에서 자고 있는 두 놈에게 피 칠을 하고

85 그들의 단검을 쓰면 그들의 소행이라고

여기게 되겠지?

맥베스 부인 누가 감히 다른 생각을 갖겠어요?

우리가 울고불고 아우성을 치며

그의 죽음을 애통해할 텐데요.

90 **맥베스** 결심했소. 이 무시무시한 모험을 위해

있는 힘을 다해 보겠소.

갑시다, 아무렇지도 않은 얼굴로 세상을 속여 봅시다.

거짓된 마음이 알고 있는 것은 가면으로 감춰야 하는 법.

모두 퇴장

제2막

2막 1장²³⁾

장면 8

뱅코와 횃불 든 시종을 앞세운 플리언스 등장

뱅코 애야, 밤이 얼마나 깊었느냐?

플리언스 달은 졌습니다만,

시각을 알리는 소리는 듣지 못했습니다.

뱅코 달은 자정에 질게다.

5 **플리언스** 자정은 지난 것 같습니다, 아버지.

뱅코 자, 이 칼을 들어 다오.

하늘에도 절약이 있나 보다.   검을 건넨다

하늘의 촛불이 모두 꺼졌구나.

이것도 좀 들어 다오.   외투를 건넨다

10 무거운 잠이 납처럼 짓누르는데

자고 싶지는 않구나. 자비로운 신들이여,

잠이 들면 자연스럽게 떠오르는

저주받은 생각들을 잠재워 주소서!

내 칼을 다오. 게 누구냐?   검을 받는다

맥베스와 횃불을 든 시종 등장

---

23) **장소** 맥베스의 성(성의 안뜰).

15 **맥베스** 친구요.

뱅코 아니, 장군. 아직 안 잤소?

폐하께서는 잠자리에 드셨소.

폐하께서 너무 기뻐하신 나머지

장군의 집안에 커다란 선물을 내리셨소.

20 이 다이아몬드는   *다이아몬드를 건넨다*

극진한 대우를 해 준 안주인에 대한 감사의 표시로

부인에게 내리신 선물이오.

폐하는 더할 수 없이 흡족해하시며 하루를 마무리하셨소.

맥베스 준비가 안 되어서

25 본의 아니게 부족한 점이 많았소.

그렇지만 않으면 위엄을 갖추어 환대해 드렸을 텐데요.

뱅코 다 좋았습니다.

지난 밤 꿈에 운명의 세 자매를 보았는데,

장군에 대해 몇 가지 진실을 보여 줍디다.

30 **맥베스** 그 생각은 하지도 못하고 있었소.

하지만 시간을 내어

그 일에 관해 장군과 이야기를 좀 하고 싶소.

시간을 내주신다면요.

뱅코 편하실 때 언제든지요.

35 **맥베스** 그때가 왔을 때 장군이 제게 동의해 주신다면

큰 영예를 얻을 것입니다.

뱅코 영예를 얻으려 하다가 되레 영예를 잃지 않는다면,

그리고 언제나 마음에 거리낌이 없고,

충성심을 확고하게 지킬 수 있다면 협의에 응하겠소.

40 **맥베스** 그럼 편히 쉬시오.

뱅코 고맙소. 장군께서도 편히 쉬시오.

뱅코, 플리언스, 횃불을 든 시종 퇴장

맥베스 가서 마님께 전해라,

마실 게 준비되면 종을 울리라고. 시종에게

너도 가서 자거라. 시종 퇴장

45 지금 눈앞에 보이는 것이 단검인가?

칼자루가 내 쪽을 향한 이것이? 자, 어디 잡아 보자.

여전히 눈에 보이는데도 잡히지 않는군.

아, 불길한 환영이여, 눈에는 보여도

잡히지는 않는다고? 그렇지 않으면 너는

50 마음의 단검, 열에 들뜬 머리에서 생겨난

헛것에 불과하단 말이냐?

아직도 보이는구나. 지금 내가 뽑아 든

이 단검과 똑같은 모양을 하고서. 단검을 뽑는다

넌 내가 가던 길로 나를 인도하는구나,

55 나도 마침 그러한 무기를 쓰려고 했는데 말이야.

내 눈이 다른 감각의 놀림거리가 된 것인가,

아니면, 다른 감각보다 믿을 만하단 말인가.

아직도 보이는군. 게다가 이번에는 칼날과 칼자루에,

아까는 보이지 않던 핏자국까지.

60   아니 그럴 리 없어.

피비린내 나는 짓을 하려 드니 내 눈에 알려주는 것뿐이야.

지금 이 세계의 절반은 만물이 죽은 듯하고,

사악한 꿈이 눈꺼풀에 가려진 잠을 현혹하고 있다.

마녀들은 창백한 헤카테에게 제물을 바치고[24],

65   움츠렸던 살인자는 그의 파수꾼인 늑대가 울부짖는 신호에

타르퀸[25]의 겁탈하는 걸음을 걸으며 은밀하게 움직여

제물을 향해 유령처럼 다가간다. ―

그대 탄탄하고 견고한 대지여,

나의 발길이 어디로 향하든 그 발소리를 듣지 말지어다.

70   행여 돌들이 내가 있는 곳을 말해 버려

지금 이 시각 눈앞의 공포를 앗아갈까 두렵다.

내가 위협하는 동안 그는 살아 있다.

말이란 행위의 열기를 식게 한다.   종이 울린다

내가 가면 일은 곧 끝난다. 종이 나를 부르는구나.

75   듣지 마라, 덩컨이여. 이것은 그대를

천국이나 지옥으로 불러들이는 죽음의 종소리니까.   퇴장

---

24) **Hecate** 고대 그리스의 마녀와 밤의 여신이다. 달과 관련이 있기 때문에 창백하다
고 한 것이다.

25) **Tarquin** 루크레티아를 겁탈한 로마인 왕의 아들. 그의 행동 때문에 로마 왕정이
전복됐다.

2막 2장²⁶⁾

장면 8에서 계속

맥베스 부인 등장

맥베스 부인 그자들²⁷⁾을 취하게 만든 것이
나를 대담하게 해 주었고
그자들을 잠들게 한 것이 내 마음에 불을 붙였구나.
쉿, 조용! 올빼미 소리²⁸⁾였구나.
5   가차 없는 죽음의 고별을 알리는 죽음의 야경꾼이지.
그이가 일을 벌이고 있어.
문은 열려 있고, 시종들은 자신의 직무를 소홀히 하면서
코를 끌며 곯아떨어졌구나.
그들의 우유주²⁹⁾에 약을 넣었더니, 사신과 조물주가
10   그들을 죽일지 살릴지 서로 다투고 있다.

맥베스 등장
처음에 무대 안이나 위에 있어 부인에게는 보이지 않는다

맥베스 거기 누구냐? 여봐라?

---

26) **장소** 맥베스의 성 안.
27) 덩컨의 시종들.
28) 죽음을 알리며 우는 새로 불길한 징조로 여긴다.
29) 주로 자기 전에 마시는 뜨겁고 강한 맛이 나는 술.

맥베스 부인 아, 그들이 깨서

일을 망쳐 버리지나 않을지 걱정이네.　　　　*피묻은 단검을 들고*

해 보지도 못하고 시도만 하다 망하는 거지.

15　쉿, 그자들의 단검을 꺼내 놨으니 그이가 못 볼 리는 없지.

그의 잠든 얼굴이 우리 아버지를 닮지만 않았어도

내가 해치울 수 있었을 텐데. 여보?　　　　*맥베스를 본다*

맥베스 해치웠소. 무슨 소리가 들리지 않았소?

맥베스 부인 올빼미 소리와 귀뚜라미 울음소리를 들었어요.

20　당신이 말했어요?

맥베스 언제?

맥베스 부인 지금요.

맥베스 내가 내려올 때?

맥베스 부인 네.

25　**맥베스** 쉿!

두 번째 방에는 누가 있소?

맥베스 부인 도날베인이요.

맥베스 정말 처참한 꼴이군.　　　　*자기 손을 본다*

맥베스 부인 처참한 꼴이라니, 무슨 어리석은 생각이세요?

30　**맥베스** 한 놈은 잠결에 웃었고,

다른 한 놈은 "살인이다!"라고 외쳤어[30].

그래서 서로 깨웠고, 나는 가만히 서서

---

30)　맬컴과 도날베인.

그들이 하는 말을 들었지.

그러더니 그들을 기도를 하고, 다시 잘 준비를 하더군.

35 **맥베스 부인** 둘은 함께 묵고 있어요.

맥베스 한 놈이 '신이여 축복하소서'라고 외치니,

다른 놈이 '아멘'이라고 했소.

마치 사형집행인 같은 이 내 손을 보기나 한 것처럼 말이오.

그자들이 겁을 먹고 '신이여 축복하소서'라고 말하는데

40 나는 '아멘'이라고 할 수 없었소.

멕베스 부인 그렇게 심각하게 생각하지 마세요.

맥베스 그런데 나는 왜 '아멘'이라고 말하지 못했을까?

나야말로 절실하게 축복이 필요했는데, '아멘' 소리가

목에 걸려 버렸소.

45 **맥베스 부인** 이런 일은 그런 식으로 생각해서는

안 돼요. 그러면 우리는 미쳐 버릴 거예요.

맥베스 이렇게 외치는 목소리를 들은 것 같소.

'더 이상 잠들지 못하리라,

맥베스는 잠을 죽였다. 저 순수한 잠을,

50 헝클어진 근심의 실타래를 풀어서 곱게 짜 주는 잠,

하루하루 삶을 마감하는 죽음이요, 쓰라린 노고를 씻어 주며,

상처 입은 마음의 진정제요, 대자연의 성찬이요,

삶의 향연에서 최고의 자양분인 잠을.'

맥베스 부인 무슨 말씀이에요?

55 **맥베스** 그 소리는 여전히 '더 이상 잠들지 못하리라'라고

온 집안에 외치고 있소.

'글래미스가 잠을 죽여 버렸으니,

코더는 더 이상 잠들지 못하리.

맥베스는 더 이상 잠들지 못하리라.'

60 **맥베스 부인** 누가 그렇게 외친다는 거예요? 그런데, 영주님.

사태를 그렇게 미쳐서 생각하시면

고귀한 기력만 쇠할 뿐이에요.

물을 가져와서 그 더러운 증거를 손에서 씻어 버려요.

그 단검들은 왜 갖고 오셨어요?

65 그 자리에 남겨두어야 해요.

어서 가져가서 잠든 시종들에게 피 칠을 해 놓고 오세요.

맥베스 더는 못 가겠소.

내가 한 짓을 생각조차 하기 싫소.

감히 다시 보질 못하겠다고.

70 **맥베스 부인** 정말 약해 빠졌군요!

단검을 제게 주세요.   *단검을 뺏는다*

자는 사람과 죽은 사람은 그림에 불과하고,

그림 속의 악마는 아이들 눈에나 무섭죠.

그가 피를 흘리고 있다면

75 시종들의 얼굴에 묻히고 오겠어요.

그자들이 저지른 죄로 보여야 하니까.   *퇴장*

안에서 문 두드리는 소리

맥베스 어디서 문을 두드리지?

내가 왜 이러나? 무슨 소리만 나도 이렇게 놀라니.

이 무슨 손이냐? 하! 내 두 눈이 뽑히는 것 같구나.

80 위대한 넵튠³¹⁾의 온 바닷물이 내 손에서

이 피를 깨끗이 씻어 낼 수 있을까?

아니다, 이 손이 오히려 저 광대한 바다를 피로 물들여

푸른 물을 붉게 만들어 버릴 것이다.

맥베스 부인 등장

맥베스 부인 내 손도 같은 색이 되었어요.

85 하지만 당신처럼 심장이 하얗게 질리지는 않았어요.

남쪽 출입문을 두드리는 소리가 나요.　　문 두드리는 소리

그만 방으로 물러가요. 물만 조금 있으면

우리가 한 짓을 깨끗이 씻어 버릴 수 있으니

얼마나 쉬워요!

90 당신의 굳건한 마음이 당신을 저버렸네요.

쉿! 또 두드리네요.　　　　　　　문 두드리는 소리

잠옷을 입어요. 우리가 불려 나갔을 때

잠자리에 들지 않은 모습을 보이면 안 되죠.

그렇게 생각에 잠겨 멍청히 있으면 어떡해요.

---

31) Neptune 로마신화에 나오는 바다의 신.

95   **맥베스** 내가 한 일을 견뎌 내려면   문 두드리는 소리

차라리 내 옛 모습을 버려야 해.

그 문 두드리는 소리로 덩컨을 깨워 다오!

아, 제발 그랬으면.   퇴장

2막 3장

장면 8에서 계속

안에서 문 두드리는 소리, 문지기 등장

문지기 끈질기게도 두드리는군!

지옥의 문지기라 해도 문을 열어 주고도 남았을 거야.

문 두드리는 소리

두드려라, 두드리고, 두드려!

악마 바알세불32)의 이름으로 묻노니 게 누구냐?

5   오호라, 풍작을 예상하고33)

---

32) Beelzebub 흔한 악마의 이름.

33) 농부가 곡식을 팔아 돈을 벌리라 예상했지만, 막상 풍작인데도 곡물 가격이 낮아
망한 것을 암시하거나, 풍작을 예상하고 모든 것을 건 농부를 가리킨다.

목매달아 죽은 농부가 여기 있구나.34)

그래, 때마침 잘 왔군. 수건이나 넉넉히 준비해 둬.

여기서는 땀을 많이 흘리게 될 테니까.

문 두드리는 소리

두드려라, 두드리고, 두드려!

10   또 다른 악마의 이름으로 묻노니 게 누구냐?

옳지, 여기 말을 모호하게 하는 사기꾼 놈이 왔구먼.

양쪽 저울35)에 대고 모두 맹세를 하며

하느님을 위한답시고 반역죄를 지었지만

천국에는 가지 못한 양반이.

15   자, 들어오시게. 말을 모호하게 하는 양반아.

문 두드리는 소리

두드려라, 두드리고, 두드려!

옳지, 영국인 재단사군.

프랑스식 바지에서 치수를 속여먹고36) 여기까지 왔군.

---

34) 문지기는 이미 지옥에 도착한 자들을 상상하고 있다.

35) 여기서는 특히 정의의 저울을 가리킨다.

36) 무릎 바로 밑에서 여미는 반바지의 천을 너무 아껴 씀, 또는 너무 색을 밝혀 매독
     으로 죽어가고 있다는 뜻도 있다. 재단사는 일반적으로 욕정이 가득한 사람으로
     비치며, 여기서는 자신의 성기를 너무 바지 밖으로 내놓는다는 뜻이다.

어서 오시게.

20 재단사 양반, 다리미를 데우는 데37)는 여기만 한 곳이 없지.

문 두드리는 소리

두드려라, 두드리고, 두드려! 조용할 틈이 없구나.

너는 또 뭐냐?

그런데 여기는 지옥치고는 너무 춥구나.

악마의 문지기 노릇은 더 이상 못 해먹겠다.

25 환락의 길을 지나 영원한 지옥불로 오는 자는

직업을 막론하고 들여보내 주려고 했는데.

문 두드리는 소리

나갑니다, 나가요! 제발 이 문지기를 기억해 주십쇼.38)

문을 연다

맥더프와 레녹스 등장

맥더프 이봐, 왜 이렇게 늦나?

너무 늦게 자서 늦잠이 든 겐가?

---

37) 이 뜻 외에도 창녀와 성교하고 성병에 걸린다는 뜻도 있다.

38) 팁을 달라는 말.

30 **문지기** 말도 마십쇼, 나리.

두 번째 닭이 올 때까지[39] 진탕 퍼마셨습죠.

나리, 술이란 세 가지를 크게 부추깁죠.

맥더프 그래, 술이 무슨 세 가지를 부추긴다는 게냐?

문지기 아이고, 나리. 그건 바로 딸기코, 잠, 오줌입니다.

35 색욕은, 나리, 생겼다 안 생겼다 합니다.

욕망을 부추기긴 하지만 막상 하려면 잘 안 되지요.

그러니까 과음은 색욕을 지닌 말 재주꾼이라고 할 수 있습죠.

남자로 만들었다가 방해하기도 합죠.

그놈을 세웠다가 죽여 버리고.

40 얼렀다가 또 실망시키죠.

또 일으켰다가 다시 주저 앉혀 버리고.

결국은 속여서 잠에 곯아떨어지게 만든 다음,

그냥 달아나고 만다는 겁니다.

맥더프 결국 술이 자넬 곯아떨어지게 만들었다 이 말이군.

45 **문지기** 그렇습죠, 나리. 그놈이 제 목을 죄었다니까요.

하지만 그놈의 거짓말에 앙갚음을 했죠.

제 생각에 놈보다는 제가 강하거든요.

놈이 이따금 제 다리를 감지만,

끝내는 제가 그놈을 내동댕이쳤지요.

---

39) 새벽 3시 이후.

맥베스 등장

50 **맥더프** 자네 주인은 일어나셨는가?

문 두드리는 소리에 잠을 깨셨나 보군.

저기 오시네.　　　　　　　　　　　　　　　문지기 퇴장

레녹스 안녕히 주무셨습니까, 영주님.

맥베스 두 분도 안녕히 주무셨습니까.

55 **맥더프** 폐하께서는 기침起枕하셨는지요?

맥베스 아직요.

맥더프 아침 일찍 오라 이르셨는데,

하마터면 늦을 뻔했습니다.

맥베스 폐하께 안내해 드리지요.

60 **맥더프** 이번 일은 즐거운 수고이기는 하겠지만

그래도 수고가 많으십니다.

맥베스 기꺼이 하는 일인데 수고랄 것도 없지요.

여기가 문입니다.

맥더프 무엄하지만 들어가 뵙겠소.

65 제 소임인지라.　　　　　　　　　　　　　맥더프 퇴장

레녹스 폐하께서는 오늘 떠나십니까?

맥베스 그렇습니다. 그렇게 예정하셨습니다.

레녹스 참으로 어수선한 밤이었습니다.

우리가 자는 곳에선 바람에 굴뚝이 쓰러지지 않았겠습니까.

70 거기다 하늘에서는 곡소리가 들리고,

수상한 죽음의 비명이 들렸다고 합니다.

이 심란한 시기에 새롭게 태어날

불길한 소동과 혼란스러운 사건을 끔찍한 목소리로

예언이라도 하듯, 그 불길한 새40)가

75 밤새 시끄럽게 울어 댔다고 합니다.

어떤 이는 대지가 열에 들떠 흔들렸다고도 하고요.

맥베스 험한 밤이었군요.

레녹스 나이가 많은 것은 아니지만

이 같은 일은 처음 겪습니다.

맥더프 다시 등장

80 **맥더프** 아, 끔찍하구나 끔찍해!

감히 생각도 못하고 입 밖에 낼 수도 없는 일이다.

맥베스와 레녹스 무슨 일이오?

맥더프 혼란이 자신의 걸작을 만들어 내었소.

가장 사악한 살인이 신이 축성한 사원을 열고

85 그 건물의 생명을 앗아가 버렸소!

맥베스 무슨 말을 하는 거요? 생명이라니?

레녹스 폐하를 말씀하시는 거요?

맥더프 침소로 가보시오. 새 고르곤41)을 보면

---

40) 올빼미.

41) Gorgon 그리스 신화에 나오는 여자 괴물로 누구라도 그녀를 보면 돌로 변한다.

두 분 눈이 멀 거요. 나더러 말하라 하지 마시고

90 직접 가서 보시면 알게 될 것이오.

맥베스와 레녹스 퇴장

기상! 기상!

종을 울려라! 살인이다! 반역이야!

뱅코, 도날베인, 맬컴! 일어나시오!

그 포근한 잠, 가짜 죽음을 털어 버리고

95 진짜 죽음 자체를 보시오!

일어나시오, 일어나.

그리고 종말의 모습을 보시오!

맬컴, 뱅코,

그대의 무덤에서 일어나 유령처럼 걸어 나와

100 이 끔찍한 광경을 보시오! 종을 울려라.

종이 울린다, 맥베스 부인 등장

맥베스 부인 무슨 일이기에

이토록 끔찍한 트럼펫 소리가

온 집안의 자는 사람들을 불러내는 겁니까?

말씀해 보시오, 말씀을?

105 **맥더프** 오, 부인.

말씀드릴 수 있지만 들으시면 안 됩니다.

여자의 귀에 들려 드리기만 해도

그 자리에서 죽고 말 테니까요.

뱅코 등장

뱅코, 뱅코, 폐하께서 살해되셨소!
110 **맥베스 부인** 아, 이런!
세상에, 우리 집에서?
뱅코 어디서건 너무 잔인한 일이오.
이보게 더프, 지금 한 말이 제발
아니라고 말해 주게.

맥베스, 레녹스, 로스 등장 　　　　*아마도 시종들과 함께*

115 **맥베스** 이 일이 있기 한 시간 전에만 죽었어도
난 축복받은 삶을 살았다고 할 수 있을 것이오.
이 순간부터 내 인생에서 중요한 것은 아무것도 없을 테니
모두 하찮은 것이 되었소. 명예와 미덕은 죽었소.
생명의 포도주는 말라 버리고,
120 술통에 남은 것이라곤 찌꺼기뿐이로구나.

맬컴과 도날베인 등장

도날베인 뭐가 잘못됐습니까?

맥베스 두 분에게요. 그런데 모르고 계시다니요.

두 분 혈통의 샘, 머리이자 원천이 끊겼습니다.

그 근원이 끊겼다고요.

125 **맥더프** 두 분의 부친인 국왕께서 살해당하셨습니다.

맬컴 누구한테요?

레녹스 침소를 지키던 시종들의 짓인 것 같습니다.

그들의 손과 얼굴이 모두 피로 얼룩져 있었습니다.

그자들의 단검 또한 닦지도 않은 채로 베개 위에 있는 게

130 발견되었습니다. 넋이 나가 멍하니 바라보고 있더군요.

사람의 생명을 맡겨서는 안 될 놈들이었습니다.

맥베스 아, 내가 격분하여

그자들을 죽인 것이 한스럽구나.

맥더프 왜 그리하셨습니까?

135 **맥베스** 그 누가 한순간에 놀랐으나 현명하며,

격분했지만 신중하고, 중립적인 충성을 지킬 수 있겠소?

아무도 없소.

나의 불타는 충성심이 너무 서둘러

그것을 가로막는 이성을 앞질렀습니다.

140 여기 덩컨 왕이

은빛 피부가 금빛 피로 아로새겨진 채 누우셨고,

갈라진 상처는 파멸이 가차 없이 파고드는

생명의 틈새같이 보였소.

거기에는 저들이 한 짓의 색을

145 흠뻑 뒤집어쓴 살인자들이 있었소.

그자들의 단검은 무례하게 끈끈한 피로 뒤엉켜 있었소.

충정을 가진 사람이라면,

그것을 알릴 용기를 품은 사람이라면

누군들 참을 수 있었겠소?

150 **맥베스 부인** 저 좀 잡아 주세요. *기절한다*

맥더프 부인을 돌봐 주시오. *부축한다*

맬컴 왜 우리는 입을 다물고 있을까, *도날베인에게 방백*

이 문제와 가장 관련이 있는 우리가?

도날베인 여기서 무슨 말을 합니까? *맬컴에게 방백*

155 송곳 구멍 속에 숨어 있던 우리의 운명이 달려 나와

우리를 붙잡을지도 모르는데?

이 자리를 뜹시다. 아직 우리의 눈물이 고일 때가 아닙니다.

맬컴 슬픔이 너무 강렬하여 *도날베인에게 방백*

눈물도 나오지 않는구나.

160 **뱅코** 부인을 돌봐 주시오. *맥베스 부인이 부축받으며 퇴장*

그리고 벌어진 일에 대한 두려움과 공포를

잠시 가라앉힌 뒤에 만나서

이 피비린내 나는 사건을 좀 더 캐어 봅시다.

두려움과 의심이 우리를 뒤흔들고 있지만

165 하나님의 위대한 손에 나를 맡기고,

이 극악무도한 반역 뒤에 숨은

비밀스런 흉계에 대항해서 싸울 것이오.

맥더프 나 또한 그럴 것이오.

모두 우리 모두.

170 **맥베스** 어서 사내다운 결의를 갖추고

홀에서 만납시다.

모두 그리 하지요.

맬컴과 도날베인만 남고 모두 퇴장

맬컴 넌 어쩔 작정이냐? 저들과 어울리지 말자.

마음에도 없는 슬픔을 보이는 건

175 거짓된 자들이 흔히 하는 일이지. 난 잉글랜드로 가겠다.

도날베인 저는 아일랜드로 갈 겁니다.

떨어져 있는 편이 더 안전할 겁니다.

이곳 사람들은 미소 속에 비수를 숨기고 있어요.

핏줄이 가까울수록 더 피를 보려고 하지요.

180 **맬컴** 살기어린 화살이 당겨졌으나

아직 떨어지지는 않았다. 그러니 가장 안전한 길은

표적이 되는 걸 피하는 것이다. 그러니 말에 오르자.

번거로운 작별 인사는 그만두고 몰래 빠져 나가자.

자비 같은 것이 남아 있지 않을 때는

185 그것을 훔치는 게 정당하다. 모두 퇴장

2막 4장⁴²⁾

장면 9

로스와 노인 등장

노인 육십하고도 십 년을 저는 잘 기억합니다.

그 세월 동안 무서운 때도 많았고,

이상한 일도 많이 봐 왔습니다.

하지만 무시무시했던 지난밤은

5 이전의 경험을 하찮게 만들었습니다.

로스 허, 노인장, 하늘을 보시오.

인간의 행위에 혼란스러운 듯

이 피비린내 나는 무대를 위협하고 있소.

시간상 낮이지만 캄캄한 밤이 태양의 목을 죄고 있으니까.

10 살아 있는 빛이 대지에 입 맞추어야 할 이때

무덤 같은 이 대지의 어둠은

밤의 기세 탓일까요, 낮의 부끄러움 때문일까요?

노인 이상한 일이지요.

저질러진 일 바로 그대로입니다.

15 지난 화요일에는 가장 높이 떠 있던 매가

쥐나 잡아먹는 올빼미에게 쫓겨 죽었습니다.

---

42) **장소** 맥베스 성 근처, 인버네스.

로스 정말 괴이한 일이지만 사실이 또 하나 있습니다.

아름답고 빠르며, 종마중의 종마인 덩컨의 말들도

갑자기 미쳐 날뛰다가 마구간을 부수고 달아나 버렸습니다.

20 마치 인간과 전쟁이라도 하려는 듯 복종을 거부하면서요.

노인 서로 물어뜯었다고 하더군요.

로스 정말 그랬습니다.

제 눈으로 보고도 놀랐습니다.

맥더프 등장

맥더프 영주님이 오시는군요.

25 사태가 어찌 되어 가는지요?

맥더프 이런, 보면 모르겠소?

로스 밝혀졌나요?

천하에 그런 잔혹한 짓을 저지른 자가 누구인지?

맥더프 맥베스 장군이 베어 버린 자들 짓이라 하더군요.

30 **로스** 저런,

무엇을 바라고 그랬을까요?

맥더프 매수당한 거죠.

왕의 두 아들 맬컴과 도날베인이 달아났으니

그들이 혐의를 받을 수밖에 없죠.

35 **로스** 더더욱 이상하군요.

자기 삶의 근원을 집어삼키다니

어처구니없는 야심이여!

그렇다면 십중팔구 왕위는 맥베스에게 돌아가겠군요.

맥더프 이미 추대되어 스콘43) 으로 대관식을 하러 떠나셨소.

40 **로스** 덩컨 왕의 유해는 어디 있습니까?

맥더프 콤킬44) 로 모셔갔소.

대대로 선왕들의 묘소이며

유골이 안장되어 있는 곳이요.

로스 스콘으로 가실 거요?

45 **맥더프** 아뇨, 사촌. 저는 파이프로 갑니다.

로스 그렇군요, 저는 스콘으로 가겠습니다.

맥더프 그럼 그곳에서 모든 게 잘되길 빕니다. 잘 가십시오.

낡은 옷이 새 옷보다 편하겠지만!45)

로스 안녕히 가십시오, 노인장.

50 **노인** 신의 축복이 함께 하기를. 그리고

악을 선으로, 적을 친구로 만드는 이들에게도 축복 있기를!

모두 퇴장

---

43) Scone 퍼스 북쪽에 있는 고대 도시, 전통적으로 스코틀랜드의 대관식을 하는 장소.

44) Colmekill 아이오나 서쪽 헤브리디스 제도, 스코틀랜드 왕들이 묻혀 있는 곳이다.

45) 과거의 상황이 미래의 상황보다 낫다는 것이 증명될 경우의 이야기.

제3막

3막 1장[46)]

장면 10

뱅코 등장

뱅코 그대는 이제 왕위, 코더 영주, 글래미스 영주까지,

운명의 여인들이 약속한 모든 것을 가졌다.

그런데 그러기 위해 부정한 방법을 쓴 것 같아.

하지만 이것이

5   그자의 자손들에게까지 이어지지는 않는다고 했지.

나야말로 여러 왕의 뿌리이자 아버지가 될 거라고 말했어.

그들의 말이 맞는다면,

— 맥베스여, 그들의 말이 그대 위에 빛나듯이 —

진실이 이행되었으니, 내게도 신탁이 되고

10   희망이 되어 주지 말란 법이 없지 않은가?

그렇지만 이제 그만, 쉿!

요란한 나팔소리[47)], 왕이 된 맥베스, 왕비가 된 맥베스 부인,

레녹스, 로스, 귀족과 시종들 등장

맥베스 여기 주빈이 계시군요.

---

46) **배경** 스코틀랜드의 궁정, 정확한 장소는 모름.

47) 행렬을 위한 트럼펫 팡파르.

맥베스 부인 우리가 그를 잊었더라면

이 성대한 잔치에 허점이 되었을 테지요.

15   모든 면에서 온당치 않았을 거예요.

맥베스 오늘밤 공식만찬을 열기로 했으니,   뱅코에게

경도 참석해 주기를 바라오.

뱅코 폐하의 분부시라면요.

저의 임무는 절대로 풀 수 없는 끈으로

20   폐하의 명령과 영원히 묶여 있습니다.

맥베스 오늘 오후 말을 타시는가?

뱅코 예, 폐하.

맥베스 그렇지 않다면, 오늘 회의에서 우리는

언제나 진중하고 유익한 경의 의견을 들으려고 했었소.

25   하지만 내일 듣기로 합시다.

어디 멀리 가시오?

뱅코 지금부터 만찬 때까지 빠듯할 것 같습니다.

말이 잘 달려 주지 않는다면 어두워진 다음에도

한 시간이나 두 시간은 더 걸릴 것입니다.

30   **맥베스** 만찬에는 꼭 오도록 하시오.

뱅코 폐하, 그리하겠습니다.

맥베스 듣자하니 과인의 잔인한 사촌들은

각각 잉글랜드와 아일랜드에 머무르며 자신들이

저지른 무도한 시해는 고백하지 않고,

35   괴상한 낭설로 사람들을 홀린다 하오.

그러나 그 일은 내일 우리가 국정을 논의할 때
같이 처리하도록 합시다. 어서 말에 오르시게.
밤에 돌아올 때까지 조심하시오. 플리언스도 같이 가시오?

뱅코 예, 폐하. 떠날 시간이 되었습니다.

40 **맥베스** 부디 말들이 빠르고 튼튼하길 바라오.

이제 두 분을 말 등에 맡기리다. 잘 다녀오시오. 뱅코 퇴장

저녁 일곱 시까지는 각자

자유롭게 시간을 보내도록 하시오.

모임을 더욱 흥겨운 자리로 만들기 위해

45 과인은 만찬 때까지 혼자 있겠소.

그때까지 신이 함께하길!

맥베스와 시종만 남기고 귀족들 모두 퇴장

여봐라, 네게 할 말이 있다.

그자들이 대기하고 있느냐?

시종 예, 궁궐 문 밖에서 기다리고 있사옵니다, 폐하.

50 **맥베스** 그들을 데려오너라. 시종 퇴장

안폐하지 않으면 이 자리가 무슨 소용인가.

뱅코에 대한 두려움이 깊으니 말이야.

그의 타고난 충성심은

두려움을 느끼게 할 만한 무엇인가 있다.

55 그는 실로 대담하여,

생각한 바를 거침없이 실행한다.

또한 용맹을 이끌어 안폐하게 행동에 옮길 수 있는

지혜도 지녔다. 내가 두려워하는 존재는

뱅코뿐이다. 그와 함께 있으면

60 나의 수호신도 질책당하듯 꼼짝을 못한다.

마치 마크 안토니의 수호신이 시저[48]에게 당했듯이.

그는 마녀들이 나에게 왕이라는 칭호를 처음 썼을 때

마녀들을 꾸짖고 자신에게도 예언하라고 명령했다.

그러자 예언자와도 같이 마녀들은

65 그를 대대손손 왕들의 아버지라 찬양하지 않았던가.

그들은 내 머리 위에 쓸모없는 왕관을 씌우고

내 손에는 나의 자손이 이어받지 못하고

남의 자손에게 빼앗기고야 마는

불모의 왕홀王笏을 쥐어주었다. 그게 사실이라면

70 나는 뱅코의 자손을 위해 내 마음을 더럽힌 게 아닌가?

그들을 위해 인자한 왕 덩컨을 살해하고

오직 그들을 위해 평화로운 내 마음의 그릇에

독을 넣었고, 그들을 왕으로 만들기 위해

내 영원한 보물[49]을 전 인류의 적[50]에게

75 넘겨주었다. 그들, 바로 뱅코의 씨를 왕으로 만들기 위해서.

그렇다면 차라리 운명이여, 결전장에 들어와

끝까지 나와 겨루어 보자! ― 게 누구냐?

---

48) Caesar 로마 장군 마크 안토니오는 옥타비우스 시저에게 패한다.

49) 영혼.

50) 악마.

시종과 두 명의 자객 등장

자, 너는 문밖에서 부를 때까지 기다려라.   *시종에게*

                                              시종 퇴장

우리가 만나서 이야기한 게 어제가 아니던가?

80   **자객** 그렇습니다, 폐하.

      맥베스 그렇다면 내 말을 잘 생각해 보았느냐?

      지난날 너희들을 그처럼 불행하게 만든 것은

      너희들이 오해하고 있었던 죄 없는 과인이 아니라

      그[51]라는 것을 알겠느냐?

85   지난 번 만났을 때 과인이 자세히 알려주었다.

      증거를 들어서 너희들이 어떻게 속았는지,

      어떻게 방해를 받고, 어떤 방법을 썼으며,

      누가 일을 꾸몄는지,

      그리고 그 밖의 모든 것에 대해서.

90   아무리 반편이나 미친 자라도

      '뱅코가 한 짓이야'라고 말할 수 있게 말이다.

      자객 1 확실히 깨우쳐 주셨습니다.

      맥베스 그랬지. 더 나아가 오늘 이 두 번째 만남의

      요점도 알려주었다. 너희는 이 일을

95   그대로 내버려둘 만큼 인내심이 강하더냐?

---

51) 뱅코.

그 가혹한 손이 너희들을 무덤 속으로 몰아넣고,

너희 자손들을 영원히 거지로 만들어 버린,

그 알량한 자와 그의 자손을 위해 기도를 드릴 만큼

복음으로 충만하더냐?

100 **자객 1** 폐하, 저희도 인간이옵니다.

맥베스 그래, 명부에도 너희들은 인간으로 올라 있지.

사냥개도, 그레이하운드도, 잡종개도, 스패니얼도, 들개도,

애완견도, 털 긴 물새 사냥개도, 늑대개도 모두

개라는 이름으로 불리듯이. 허나 감정서에는

105 빠른 놈, 느린 놈, 약삭빠른 놈,

집 지키는 놈, 사냥하는 놈을 구분해 놓고 있지 않느냐.

풍요로운 자연이 각자에게 부여한 재능에 따라

모두 뭉뚱그려 써 놓은 명부와는 별도로 구별하여

특별한 칭호를 받지. 인간도 마찬가지다.

110 자, 너희도 명부에서 한 자리를 차지하고 있고

그 서열에서 최하위에 있는 것이 아니라면, 말해봐라.

그러면 내가 그 일을 털어놓겠다.

일이 잘 되면 너희들은 적을 없애고

과인의 신임과 총애를 얻을 것이다.

115 그자가 살아 있으면 난 병자와 다를 바 없다.

그가 죽어야만 과인이 온폐하다.

자객 2 폐하, 소인은

넌더리나는 세파의 뭇매질과 학대에

분개하고 있사오니, 세상에 대한 분풀이라면
120 무슨 짓이든 할 수 있습니다.

자객 1 소인 또한

비참하게 사는 것이 지긋지긋하고 지지리 복도 없는지라

어떻게든 팔자를 고치거나 이 상태를 벗어날 수만 있다면

물불을 가리지 않겠사옵니다.

125 **맥베스** 너희는 뱅코가 너희 적인 것을 알렷다.

자객들 알다마다요, 폐하.

맥베스 그는 나의 적이기도 하다.

그의 적의가 얼마나 피비린지

그가 살아 있는 매순간이

130 내 급소를 찌르는 것만 같다. 물론

철면피한 권력으로 그를 내 눈앞에서 치워 버리고

과인의 뜻으로 정당화할 수도 있다. 허나 그럴 수는 없다.

그의 친구이자 과인의 친구이기도 한 몇몇 사람들 때문이지.

나는 그들의 사랑을 잃고 싶지 않아.

135 그러려면 내가 직접 쓰러뜨린

그자의 죽음을 애통해해야 하거든.

그래서 과인이 너희들의 도움을 청하는 것이야.

이 일은 여러 가지 중대한 연유로

남의 눈에 띄어서는 안 될 것이야.

140 **자객 2** 폐하, 소인들은

분부대로 거행하겠사옵니다.

자객 1 비록 저의 목숨이 — 52)

맥베스 사기가 충천하구나. 늦어도 한 시간 안으로

너희들이 몸을 숨길 곳과 정확한 시간을

145 알려주겠다. 왜냐하면 이 일은

궁정에서 좀 떨어진 곳에서 해치워야 하니까.

결백이 필요하니 일은 깔끔하게 해치워야 한다.

일을 망치지 않기 위해 그자와 동행한

아들 플리언스도 함께 처리해라.

150 그를 없애는 것도 그의 아비를 없애는 것만큼

과인에게는 중요하니, 그도 어두운 시간의 운명을

껴안아야만 한다. 물러가 각오를 단단히 해라.

과인도 곧 가겠다.

자객들 저희는 이미 마음을 굳혔사옵니다, 폐하.

155 **맥베스** 곧 부를 테니 안에서 기다려라.   자객들 퇴장

일은 결정되었다. 뱅코, 그대의 영혼이 날아올라

천국을 찾으려면 오늘밤 안으로 움직여야 할 것이다.   퇴장

---

52) 원래 하려던 말은 '목숨이 걸렸더라도 맡은 바 임무를 이행하겠사옵니다.'인데,
맥베스가 말을 치고 들어온다.

3막 2장

장면 10에서 계속

맥베스 부인과 시종 등장

맥베스 부인 뱅코 장군은 궁을 떠나셨느냐?

시종 예, 마마. 하오나 오늘밤 다시 돌아오십니다.

맥베스 부인 폐하께 잠시 드릴 말씀이 있다고 폐하여라.

시종 그리 하겠습니다, 마마.　　　　　　　　시종 퇴장

5　**맥베스 부인** 욕망을 채우고도 만족이 없으니

모든 것을 소진하고도 소득이 없구나.

죽이고도 이렇게 불확실한 기쁨 속에 사느니

차라리 죽임을 당하는 편이 더 안폐하겠다.

맥베스 등장

어인 일이옵니까, 폐하? 어찌하여 홀로 계십니까?

10　쓸데없는 공상을 벗 삼으시며,

이미 지난 일인 그들과 함께 없어져야 하는 그런 생각에

빠져 계시는지요? 돌이킬 수 없는 일은

생각할 필요가 없어요. 끝난 일은 끝난 일이지요.

맥베스 우리는 뱀에게 상처를 입혔을 뿐, 죽이지는 못했소.

15　그놈의 상처가 아물면 본 모습을 되찾겠지만

우리의 서투른 악행은

뱀의 예전 독니의 위험에서 벗어나지 못하오.

차라리 우주가 산산이 흩어지고

하늘과 땅이 무너지는 편이 낫지.

20   두려움 속에서 밥을 먹고

밤마다 악몽의 고통에 시달리면서 잠들기보다는.

차라리 우리가 평화를 얻으려고 보내 버린

죽은 자와 함께 있는 편이 마음의 고문대 위에 누워[53]

불안하게 떠는 것보다 낫겠소. 덩컨은 무덤 속에 있소.

25   인생의 열병을 치른 후에 그는 편히 잠들었소.

반역은 그에게 할 수 있는 최악의 짓을 다 했소.

이제 칼날도, 독약도, 내란도, 외환도,

그 어떤 것도 더 이상 그를 건드릴 수 없소.

맥베스 부인   이제 그만 하세요.

30   폐하, 근심에 찬 얼굴을 그만 펴시고

오늘 밤은 밝고 유쾌하게 손님들을 대하세요.

맥베스   그렇게 하리다. 당신도 그렇게 하시오.

뱅코에게는 각별히 신경을 쓰고

눈으로나 입으로나 극진하게 대우하시오.

35   당분간은 안심할 수 없으니,

우리의 명예를 아첨의 냇물로 씻고

---

53)   맥베스는 사지를 벌리고 눕는, 침대같이 생긴 고문 도구를 생각한다.

우리의 얼굴을 가면 삼아

본심을 감추어야 하오.

맥베스 부인 그런 염려는 마세요.

40   **맥베스** 아, 여보, 내 마음은 전갈로 가득 차 있소!

당신도 알다시피 뱅코와 플리언스가 아직 살아 있소.

맥베스 부인 하지만 그들의 수명도 영원하진 않답니다.

맥베스 어쨌든 위안이 되는구려.

그들도 공격을 당할 수 있으니까.

45   그러니 당신도 즐거운 마음을 가져요.

박쥐가 회랑을 따라 날아가기 전에, 거름에서 태어난

풍뎅이가 검은 헤카테의 부름을 받아 졸려 윙윙대는 소리로

잠을 재촉하는 저녁 종을 울리기 전에,

끔찍한 일이 있을 것이오.

50   **맥베스 부인** 무슨 일이지요?

맥베스 내 귀여운 병아리, 당신은 모르는 게 나아요.[54]

나중에 박수나 치면 되오. 오라, 눈 먼 밤이여.

애처로운 낮의 부드러운 눈을 덮고

너의 피 묻은, 보이지 않은 손으로

55   나를 겁에 질리게 하는 그 위대한 보증서[55]를

무효로 하고 갈기갈기 찢어라. 빛이 짙어지면서

---

54) 왕을 죽였을 때와는 달리 맥베스 혼자 뱅코를 죽일 계략을 세우고 있다. 이는 그
     가 심리적으로 고립되었음을 보여주는 대사이다.

55) 뱅코의 생명 증서.

까마귀가 어두운 숲을 향해 날갯짓을 하는구나.

낮의 선량한 무리들은 축 처져 졸기 시작하고

밤의 검은 무리들은 먹이를 찾아 일어난다.

60   내 말에 놀란 모양이군. 하지만 잠자코 계시오.

나쁘게 시작된 일은 나쁜 짓으로 스스로 강해지는 법.

그러니 나와 함께 갑시다.   퇴장

3막 3장[56)]

장면 11

세 명의 자객 등장

자객 1 그런데 누가 당신더러 합류하라 한 거요? *자객 3에게*

자객 3 맥베스가요.

자객 2 그를 의심할 필요는 없소.

우리가 맡은 일과 우리가 해야 할 일을

5   정확히 말하고 있으니까.

자객 1 그럼 우리와 함께 하세.

서쪽 하늘에는 아직 석양빛이 남아 있군.

저문 나그네 늦기 전에

---

56) **장소** 스코틀랜드 궁정에서 약 1마일 떨어진 곳.

여인숙에 닿으려고 말을 재촉할 때다.

10 우리가 노리는 자들도 가까이 오고 있고.

자객 3 쉿, 말발굽 소리요.

뱅코 여봐라, 횃불을 가져오너라.   무대 안에서

자객 2 그자야. 초대자 명단에 오른

다른 손님들은 이미 궁정에 있으니까.

15 **자객 1** 말들이 돌아가는군.

자객 3 1마일 정도지. 다른 사람들도 그렇지만

여기서 궁궐 문까지 그도 늘 걸어가지.

뱅코와 플리언스 횃불을 들고 등장

자객 2 횃불이다, 횃불!

자객 3 그자다.

20 **자객 1** 준비하세.

뱅코 오늘 밤 비가 오겠군.

자객 1 내리쳐라.[57)]   횃불을 끈다

뱅코 아, 배신이다! 도망쳐라, 플리언스.

어서 도망쳐!   자객들 뱅코를 공격한다

25 네가 복수해 다오. 오, 비열한 놈.

뱅코는 죽고, 플리언스는 달아난다

---

57) 비와 공격을 모두 말한다.

자객 3 누가 횃불을 껐지?

자객 1 그게 아니었나?

자객 3 한 놈만 해치웠지, 아들은 달아났소.

자객 2 중요한 일을 반밖에 못했군.

30　**자객 1** 아무튼 가세. 한 것만이라도 알려 드려야지.

모두 퇴장

3막 4장58)
장면 12

연회가 준비되어 있다.

맥베스, 맥베스 부인, 로스, 레녹스, 귀족들과 시종들 등장

맥베스 각자 서열을 아실 테니, 자리에 앉으시지요.

여러분 모두 진심으로 환영하오.　　　　　　　　　　*자리에 앉는다*

귀족들 황공하옵니다, 폐하.

맥베스 과인도 함께 어울려

5　미흡하나마 주인 노릇을 하겠소.

왕비도 자기 자리를 지키고 있지만,

때가 되면 환영의 인사를 청해 보겠소.

---

58) **장소** 스코틀랜드 궁정의 연회장.

맥베스 부인 폐하, 저를 대신해

모든 친구분께 말씀드리세요.

10   진심으로 여러분을 환영한다고요.

자객 1 문간에 등장

맥베스 보시오, 그들이 당신에게 진심으로 감사하고 있소.

양쪽 수가 같으니 과인은 중간에 앉겠소.

다들 마음껏 즐기시오. 이제 곧 과인이

축배를 돌리겠소.   *문으로 간다*

15   얼굴에 피가 묻었다.   *자객 1에게*

자객 1 그렇다면 뱅코의 것입니다.

맥베스 그 피가 그자 안에 있는 것보다 낫구나,

해치웠느냐?

자객 1 예, 폐하. 그의 목을 잘랐습니다. 제가 처리했지요.

20   **맥베스** 과연 너는 최고의 자객이로다.

하지만 플리언스를 처리한 자도 훌륭하겠지.

만약 네가 했다면 너와 맞설 적수가 없을 게다.

자객 1 폐하, 황송하옵니다만, 플리언스는 놓쳤습니다.

맥베스 발작이 도지는구나.

25   그놈이 아니었다면 완벽했을 터인데.

대리석처럼 매끈하고, 바위처럼 굳건하며,

만물을 둘러싼 공기처럼 자유롭고 거침없었을 것을.

하지만 이제 나는 무례한 의심과 두려움에

꼼짝없이 갇혀 버렸다. 얽매이고 구속되고 묶여 버렸어.

30 한데 뱅코는 분명한 것이냐?

자객 1 예, 폐하. 머리에 스무 군데나 상처를 입고

도랑에 처박혔습니다.

그중 가장 작은 상처로도 치명적이었습니다.

맥베스 수고했다.

35 이제 큰 뱀은 죽었다. 달아난 새끼 뱀은

때가 되면 독을 품을 것이지만

당장은 이빨이 없다. 물러가거라.

내일 다시 이야기하도록 하자.   자객 퇴장

맥베스 부인 폐하,

40 함께 즐기시지 않는군요. 환대가 없는 만찬은

돈 주고 사먹는 음식이나 마찬가지입니다.

먹기만 하려면 집이 최고지요.

집이 아니니까 격식이 고기 양념 노릇을 하지요.

그게 없다면 모임은 공허할 뿐이지요.

뱅코의 망령 등장, 맥베스의 자리에 앉는다

45 **맥베스** 맞는 말씀이오.

이제 식욕과 건강을 위해 맛있게 드시길!

레녹스 폐하, 같이 앉으시지요.

맥베스 이 자리에 뱅코 장군만 참석했더라면

전국의 고귀한 분들이 모두 모이는 자리가 되었을 것을.

50   그분이 이 자리를 놓쳐서 안됐다기보다는

무성의를 책하고 싶소만.

로스 폐하, 약속을 저버린 그의 불참은

비난받아 마땅합니다.

부디 저희와 자리를 함께하는 은총을 내려주소서.

55   **맥베스** 자리가 다 차 있구려.

레녹스 여기 비워 둔 자리가 있습니다, 폐하.

맥베스 어디인가?

레녹스 여기옵니다, 폐하. 왜 그렇게 놀라십니까?

맥베스 누가 이런 짓을 했느냐?59)

60   **귀족들** 무슨 일이옵니까, 폐하?

맥베스 내가 한 짓이라고 말하지 못하리라.

그 피 묻은 머리채를 흔들지 말라.

로스 여러분, 일어나시지요. 폐하께서 편찮으시오.

귀족들 일어서기 시작

맥베스 부인 앉으세요. 귀하신 분들.

65   폐하께선 종종 저러십니다.

젊어서부터요. 그러니 제발 앉으십시오.

일시적인 발작이니 금세 괜찮아지실 겁니다.

---

59) 뱅코의 유령을 보고 하는 말.

여러분이 신경 쓰시면

폐하의 심기가 상해 발작이 더 오래 갑니다.

70 음식을 들면서 폐하는 걱정하지 마세요.

그러고도 당신이 사내예요?   맥베스에게

맥베스 그렇소, 담대한 사내지.   부인에게

악마라도 질겁할 저것을 보고 있잖소.

맥베스 부인 어쩜 그런 헛소리를!

75 두려워서 헛것을 본 거예요.

이건 당신을 덩컨에게 인도했다던 그 허공에 보이던

단검과 같다고요. 오, 진짜 공포를 사칭하는

이러한 감정 폭발과 놀람은

겨울철 불가에서 할머니나 맞장구 쳐주는

80 아낙네의 이야기에나 어울릴 것이에요.

부끄러운 줄 아세요!

왜 그런 얼굴을 하세요?

다 끝난 일인데 의자만 쳐다보고 있잖아요.

맥베스 제발 저기 좀 보시오! 봐, 보란 말이오! 어떻소?

85 아니, 내가 무서워할 게 뭐람?

고개를 끄덕일 수 있다면, 말도 해 보아라.

납골당과 무덤에서 우리가 묻은 자들을 되돌려 보낸다면,

새의 창자를 우리의 무덤으로 써야 할지도 모르겠다.

뱅코의 망령 퇴장

맥베스 부인 아니, 어리석음으로

90   남자의 기백을 모두 잃었어요?

맥베스 내가 여기 서 있는 게 사실이면, 그를 본 게 맞소.

맥베스 부인 이런, 창피스러운 일이!

맥베스 예전에도 피를 흘렸지.

그 옛날 인간적인 법률이

95   사회를 정화하고 평화롭게 만들기 전에도.

물론 그 후에도 듣는 것만으로도 끔찍한

살인이 자행되어 왔다. 그때는

뇌가 터져 사람이 죽으면

그것으로 끝이었지. 그런데 지금은 머리에

100   스무 군데나 치명상을 입고도 다시 살아나

우리를 의자에서 밀어내는구나.

이것이야말로 살인 그 자체보다 더욱 괴이하다.

맥베스 부인 존경하옵는 폐하,

귀한 손님들이 기다리고 있습니다.

105   **맥베스** 깜박 잊고 있었군.

놀라지 마시오, 가장 소중한 벗들이여.   *큰 소리로*

나에게는 이상한 병이 있는데,

나를 아는 사람들은 예사로 생각하오.

자, 여러분의 사랑과 건강을 기원하며,

110   과인도 자리에 앉겠소. 포도주를 다오. 채워라, 채워.

시종이 잔을 채운다

망령 등장

이 자리에 계신 모두의 기쁨과

안타깝지만 이 자리에 없는

과인의 소중한 친구 뱅코를 위해!

그가 여기 있었더라면!

115   우리 모두와 그를 위해 건배.

귀족들 폐하에 대한 충성과 존경을 위해 건배.   마신다

맥베스 없어져라, 당장 내 눈앞에서 사라져!   망령을 본다

땅속으로 꺼져라!

네 뼈는 골수가 없고, 네 피는 차갑게 식었다.

120   노려보는 그 눈엔 힘이 없도다.

맥베스 부인 여러분, 그저 하나의 습관이라

생각해 주세요. 별다른 게 아닙니다.

단지 지금의 즐거움을 망치는 것뿐.

맥베스 남자가 도폐하는 거라면, 나도 한다.

125   차라리 거친 러시아의 곰이나

철갑 같은 코뿔소, 히르카니아의 호랑이가 되어 나오라.

그 모습60)만 아니라면 어떤 거라도 좋다.

그러면 이 나의 굳건한 담력은 결코 떨지 않을 거다.

아니면 다시 살아나 황야에서 칼을 들고 내게 덤벼라.

---

60) 뱅코의 모습.

130 그래도 내게 무서워서 떤다면,

그땐 날 어린 계집애라 불러라.

물러가라, 이 끔찍한 그림자야!

이 거짓 환영아! 썩 물러가라. ─ 그래, 가는구나.

망령이 사라진다

나는 다시 멀쩡한 사람이다. ─

135 여러분은 그냥 앉아 있으시오.　　　　　　*귀족들에게*

맥베스 부인 당신의 그 착란증이 흥을 깨고

좋은 분위기를 망쳤어요.

맥베스 그것들이

여름날 구름처럼 나를 덮쳐 오는데

140 어찌 놀라지 않을 수 있겠소?

경들 때문에 내가 가진 기질까지 낯설게 느껴지는군,

그러한 광경을 보고 나는 무서워 얼굴이 하얘지는데

경들은 안색조차 변하지 않으니 말이오.

로스 무슨 광경 말씀이십니까, 폐하?

145 **맥베스 부인** 제발 아무 말씀도 마시지요. 점점 나빠집니다.

물으면 더 흥분하십니다. 그만들 가시지요.

나가는 순서를 기다릴 필요도 없이

그저 한꺼번에 나가세요.

레녹스 안녕히 계십시오.

150 그리고 폐하의 빠른 쾌유를 빕니다.

맥베스 부인 모두 안녕히 가십시오.

귀족들 퇴장(맥베스, 맥베스 부인 남는다)

맥베스 이 일은 결국 피를 볼 것이다.

피는 피를 부른다고들 하지.

돌이 움직이고 나무가 말을 한다고도 알려져 있고.

155 까치, 까마귀, 떼까마귀를 이용한

점술과 예언을 하는 점쟁이들은 꼭꼭 숨은 살인자도

찾아냈다고 하고. 밤이 얼마나 깊었소?

맥베스 부인 밤인지 새벽인지 분간하기 어려운 시각입니다.

맥베스 맥더프가 과인의 명령을 받고도

160 거절한 것에 대해 어떻게 생각하시오?

맥베스 부인 그에게 사람을 보내셨습니까, 폐하?

맥베스 간접적으로 들었소. 하지만 보낼 것이오.

내가 매수한 하인이 없는 집은 하나도 없소.

나는 내일, 아주 일찍 운명의 자매들에게 가 보겠소.

165 그들에게 더 말하게 할 거요.

지금 난 최악의 수단을 이용해서라도

최악을 알아낼 작정을 했소.

나 자신을 위해 만사를 제쳐 놔야 할 판이오.

어차피 나는 피비린내 나는 일 속에

170 너무 깊이 발을 들여놔, 더 이상 건너갈 수 없다 하더라도

돌아오는 것은 더 어렵게 돼 버렸소.

머릿속에 떠오르는 이상한 생각을 바로 실행에 옮기겠소.

앞 뒤 잴 것 없이 행동해야만 하오.

맥베스 부인 지금 폐하는 만물을 보존해 주는 힘,

175　잠이 부족합니다.

맥베스 자, 자러 갑시다. 이런 기괴한 망상은

초짜가 느끼는 두려움이니 단련이 필요하오.

우리는 이런 일을 하기에는 아직 풋내기요.　　　모두 퇴장

3막 5장[61)

장면 13

천둥소리, 세 마녀 등장, 헤카테와 만난다

마녀 1 무슨 일이신가요, 헤카테 님?

화가 난 듯 보이십니다.

헤카테 화가 안 나겠느냐? 이 건방지고 뻔뻔한

마귀할멈들아? 너희가 어찌 감히 수수께끼와

5　죽음의 문제를 놓고 맥베스와 거래하려 드느냐?

게다가 나를, 너희 마법의 여왕이며

모든 해악의 비밀한 모사꾼인 나를

부르지 않아서 내 역할도 못하고

---

61)　**장소** 분명하지 않다. 이 장면은 셰익스피어가 은퇴한 후 토마스 미들턴이 연극에
추가한 것이다.

화려한 재주도 보여 주지 못하게 했잖느냐.

10   게다가 최악은, 너희가 여태까지 한 일이라고는

그 변덕스럽고 화 잘 내는 고집불통을 위한 것뿐이었다.

그자는 다른 놈들과 마찬가지로

너희를 좋아하는 것이 아니라

그저 자신의 목적만 따지는 놈이다.

15   하지만 이제 바로잡아야겠다. 가라.

아케론의 구덩이(62)에서

아침에 만나자. 맥베스가 그곳으로

제 운명을 알려고 올 것이야.

너희는 그릇과 주문,

20   부적 등 여러 가지를 준비해 두어라.

나는 공중으로 날아갈 것이야. 오늘 밤은

파멸적이고 숙명적인 최후를 위해 일을 해야지.

정오가 되기 전에 큰일을 치러야 해.

저 달 한 구석에

25   신묘한 증기 한 방울이 달려 있구나.

땅에 닿기 전에 그것을 받아서

마술의 힘으로 증류하면

요술의 정령을 불러내고

그들의 속임수를 빌어

---

62) 지옥.

30 그놈을 파멸에 빠뜨릴 수 있을 거야.

그놈은 운명을 차 버리고, 죽음을 비웃고,

지혜와 자비와 공포보다 자신의 소망을 우선시하겠지.

너희도 알다시피 안위를 자신하는 게

인간 최대의 적이 아니더냐.

음악과 노랫소리 들린다,

안에서 노랫소리, '오너라, 오너라.'

35 쉿, 나를 부르고 있다. 봐라, 나의 조그만 정령이

안개구름 속에 앉아 나를 기다린다.   퇴장

마녀 1 자, 서두르자. 그녀가 곧 되돌아올 거야.   모두 퇴장

3막 6장(63)
장면 14

레녹스와 다른 귀족들 등장

레녹스 제가 앞서 드린 말씀은

경의 생각과 일치하였을 뿐만 아니라

---

63) **장소** 스코틀랜드, 정확한 장소는 분명하지 않다.

더 넓게 해석할 수도 있습니다.

제 얘긴 그저 사태가 묘했다는 것입니다.

5   자비로운 덩컨 왕은 맥베스의 애도를 받았지요.

이미 돌아가셨으니까.

그리고 용감무쌍한 뱅코는

너무 늦게 다니다가 죽임을 당했고.

뭐 어찌 보면 플리언스가 죽었다고 말할 수도 있겠지요.

10   플리언스가 도망쳤지 않습니까.

모름지기 사람은 너무 늦게 다니면 안 됩니다.[64]

맬컴과 도날베인이 인자한 부친을 살해한 것이

얼마나 잔인한 일인지 누군들 생각 못하겠습니까?

천벌 받을 짓이지요!

15   그 일로 맥베스가 얼마나 비통해했는지!

격노한 나머지 두 역적을 즉각 처단하지 않았소?

술에 곯아떨어져 잠의 노예가 된 두 범죄자를 말이오.

실로 고귀한 행위가 아니었소? 물론, 현명하기도 했고요.

그자들이 자신들의 소행을 부인하면

20   산 자라면 누구라도 격분했을 테니.

그러니까 제 말은 맥베스가 모든 일을 잘 처리했다는 거요.

그리고 덩컨 왕의 두 왕자를 그의 손아귀에 넣었다면,

물론 그렇게 되어서는 안 되지만,

---

64) '늦게'는 죽음을, '다니는'은 망령의 출현을 암시한다.

친부를 살해한 대가가 어떤 것인지
25   알게 될 거라고 생각합니다. 플리언스도 마찬가지겠죠.
하지만 그만둡시다! 입바른 말을 하고
폭군의 연회에 불참했다는 이유로
맥더프가 눈 밖에 났다 합니다.
그가 어디에 머무르는지 아시오?
30   **영주** 덩컨 왕의 아들65)은
폭군에게 타고난 권리를 빼앗긴
잉글랜드 궁정에 머물고 있는데,
고귀한 에드워드 왕이 정중하게 대하는지라
사악한 운명도 그분의 존엄을
35   조금도 훼손하지 못한다 합니다.
맥더프가 그리로 가 성왕께 간청하여,
그의 도움을 받아 노섬벌랜드 백작과
용맹한 시워드66)를 분기시키려 하고 있소.
하늘이 이를 용납하고, 이들이 우리를 돕는다면,
40   우리는 다시 한 번 식탁에 고기를 올리고,
밤에 잠을 자며, 연회와 잔치에서 피 묻은 칼을 거두고,
진심으로 충성을 맹세하며,
고귀한 명예를 얻을 수 있습니다.
우리는 지금 이 모든 것을 갈망하잖소.

---

65) 맬컴.
66) 노섬벌랜드 백작의 아들.

45 이 보고를 들은 왕[67]은 격노하여
    지금 전쟁을 일으킬 준비를 하고 있소.
    레녹스 맥베스가 맥더프에게 사신을 보냈소?
    영주 보냈지요. 헌데 '이보시오, 난 못 가오.'라는
    단호한 거절에 불쾌해진 사신은
50 등을 돌리며 '이런 대답으로 나를 곤란하게 하면
    후회하게 될걸' 하고 중얼거렸다 하오.
    레녹스 그렇다면 그에게 마땅히 조심하라 하고,
    지혜롭게 거리를 두라고[68] 이르는 게 좋겠소.
    거룩한 천사가 잉글랜드의 궁정으로 날아가
55 맥더프가 닿기 전에 미리 그의 말을 폐하여
    저주받은 손 아래에서 고통 받는 이 나라에
    속히 하늘의 축복이 내렸으면 좋으련만.
    영주 나의 기도도 함께 폐하리다.   모두 퇴장

---

67) 에드워드.

68) 맥베스와의 거리.

제4막

장면 15

천둥소리, 세 마녀 등장

마녀 1 얼룩 고양이가 세 번 울었어.

마녀 2 고슴도치가 세 번하고 한 번 울었고.

마녀 3 하피어[70]가 외친다. "때가 왔다, 때가 왔어!"

마녀 1 가마솥 주위를 빙빙 돌아라.

5   독 오른 창자를 던져라.

차디찬 돌 밑에서

밤낮으로 서른 하루를 자면서

독을 뿜어낸 두꺼비야,

마술의 솥 속에서 네가 먼저 끓어라.

가마솥 주위를 돌며 춤을 춘다

10   마녀들 고통을 두 배로, 재앙을 두 배로,

불길아 타올라라, 가마솥아 끓어라.

마녀 2 늪지에 사는 뱀의 살점아,

가마솥 안에서 끓어라, 구워져라.

도롱뇽의 눈깔과 개구리의 발톱,

15   박쥐의 털과 개의 혓바닥,

---

69) **장소** 분명하지 않음, 아마도 동굴 안.

70) 마녀 3의 영물.

독사의 갈라진 혀, 발 없는 도마뱀의 독침,

도마뱀의 다리와 올빼미의 날개,

지옥의 죽탕처럼 부글부글 끓어서

무서운 재앙을 낳을 부적이 되어라.

20 마녀들 고통을 두 배로, 재앙을 두 배로,

불길아 타올라라, 가마솥아 끓어라.

마녀 3 용의 비늘, 늑대의 이빨,

마녀들의 미라, 포식한 바다 상어의

위와 식도,

25 어둠 속에서 캐낸 독미나리의 뿌리,

기독교를 부정하는 유대인의 간,

염소의 쓸개, 월식 때 잘라낸

주목朱木의 실가지,

터키인의 코와 타타르71)인의 입술,

30 창녀가 개천에서 낳다

목 졸려 죽은 아기의 손가락,

모조리 집어넣어 진한 죽을 만들자.

가마솥에 들어갈 재료에

호랑이의 내장까지 집어넣자.

35 마녀들 고통을 두 배로, 재앙을 두 배로,

불길아 타올라라, 가마솥아 끓어라.

---

71) Tartar 중앙아시아 인.

마녀 2 개코원숭이의 피로 식히자.

그러면 주술이 확실하게 걸리지.

헤카테와 다른 세 마녀 등장[72]

헤카테 오, 잘해 놨구나! 수고했다.

40 모두가 이득을 나눠 갖게 될 거다.

이제 가마솥 주위를 빙 둘러

엘프나 요정처럼 노래를 부르며

너희가 집어넣는 모든 것에 마술을 걸어라.

음악과 노래, '검은 정령' 등장

[헤카테와 다른 세 마녀, 노래를 부르다가 퇴장]

마녀 2 엄지손가락이 쑤시네,

45 뭔가 불길한 것이 이리로 오나 봐.   *문 두드리는 소리*

열려라, 자물쇠야. 누가 두드리든 간에.

맥베스 등장

맥베스 비밀스럽고 음흉한 한밤중의 마녀들아,

---

72) 다음 장면(헤카테의 말과 노래)은 셰익스피어가 은퇴한 후 토마스 미들턴이 연
극에 추가한 것이다. 이 노래에는 6명의 마녀가 등장한다.

무슨 짓들을 하고 있느냐?

마녀들 이름 없는 행위들이지.

50 **맥베스** 엄숙히 묻노니,

너희들이 업으로 하는 마술의 힘으로 나에게 답하라.

어떻게 알아내든 상관없으니,

너희들이 바람을 풀어 교회에 맞서 싸우게 할지라도,

거품 이는 파도가 배를 박살내고 집어 삼키든,

55 아직 여물지 않은 옥수수가 넘어지고, 나무가 쓰러지든,

성곽이 파수병 머리 위로 무너져 내리든,

궁전과 피라미드의 꼭대기가 바닥으로 기울어지든,

대자연의 보물인 씨앗들이 모두 붕괴되어

파괴 그 자체에 넌더리를 내든, 내가 묻는 말에 대답하라.

60 **마녀 1** 말하시오.

마녀 2 물어 보시오.

마녀 3 우리가 대답해 주리다.

마녀 1 자, 누구의 입으로 들을 거요, 우리?

아니면 우리 스승들?

65 **맥베스** 그들을 불러라, 어디 좀 보자.

마녀 1 제 새끼 아홉을 먹어 버린

암퇘지의 피를 부어라. 교수대에서

땀처럼 흘린 살인자의 기름도

저 불길 속에 던져라.

70 모두 높은 것이건 낮은 것이건 나와라,

모두 제 모습과 직분을 보여 줘!

천둥소리, 망령 1, 투구를 쓴 머리73) 등장

맥베스 내게 말하라, 그대 보이지 않은 힘이여.

마녀 1 그는 당신의 생각을 알고 있소.

듣기만 하고, 아무 말 마오.

75   **망령 1** 맥베스, 맥베스, 맥베스, 맥더프를 조심하라.

파이프의 영주를 조심하라.

그만 물러가겠다. 이것으로 충분해.   아래로 사라진다

맥베스 너의 정체가 무엇이든, 좋은 충고 고맙다.

너는 나의 두려움을 제대로 짚었다. 그러나 한 마디만 더 ―

80   **마녀 1** 그는 명령을 듣지 않을 것이오. 여기 또 하나가 왔다.

첫 번째 망령보다 더 신통하지.

천둥소리, 망령 2, 피투성이 아이74) 등장

망령 2 맥베스, 맥베스, 맥베스!

맥베스 내 귀가 세 개라도 네 말을 듣겠다.

망령 2 피를 보고, 대담하고, 단호해져라.

85   인간의 능력 따윈 비웃어라.

---

73) 후에, 맥베스의 잘린 머리로 해석할 수 있다.

74) 흔히, 때가 차기 전에 어미 배를 가르고 나왔다는 맥더프로 해석한다.

왜냐하면 여자에게서 태어난 자라면

그 누구도 맥베스를 해할 수 없으리라.　　아래로 사라진다

맥베스 그렇다면 살아있어라, 맥더프.

네놈을 두려워할 게 뭐 있나?

90　그렇지만 난 확실한 것을 재확인하고·싶으니,

네가 살지 못하리라는 운명의 증서를 받아야겠다.

그래야 창백한 심장을 가진 겁쟁이에게

거짓말하라 할 수 있고 천둥이 쳐도 잠들 수 있으리.

천둥소리, 망령 3, 왕관을 쓰고 손에 나뭇가지를 든 아이75)

이건 뭐지?

95　왕손처럼 나타나는구나.

통치의 왕관을 어린 이마 위에 쓰고.

마녀들 듣기만 하고 말은 하지 마시오.

망령 3 사자의 기질을 갖고, 당당하고, 걱정하지 마라.

누가 분개하든, 누가 안달하든,

100　어디에 음모자들이 있든 개의치 말라.

맥베스는 결코 정복되지 않을 것이다.

버남의 거대한 숲이 움직여 던시네인 언덕의 맥베스를

---

75) 나중에, 맬컴 왕자가 숲의 나뭇가지들을 베어 들고 진군 명령을 내리는 것과 관련해 맬컴 왕자로 해석할 수 있다.

공격해 오지 않는 한.76)　　　　　　　　*아래로 사라진다*

맥베스 그런 일은 결코 없으리.

105 누가 숲을 징집하며, 누가 나무에게

땅 속 깊이 박힌 뿌리를 뽑으라 명할 수 있단 말인가?

듣기 좋은 예언이로다. 좋다!

죽은 역적아, 버남 숲이 움직이기 전에는

절대 일어나지 마라. 높은 자리에 오른 맥베스는

110 천수를 누리다가 때가 오면

숙명에 따라 숨을 거둘 것이다.

그런데 한 가지 사실이 더 알고 싶어 가슴이 뛴다.

말해 다오, 만일 너희의 마술이 그 정도도 예언할 수 있다면,

뱅코의 자손이 장차 이 왕국을 다스리게 될 것인지

115 나에게 알려 다오.

마녀들 더 알려 하지 마오.

맥베스 알아야겠다.

거절한다면 너희에게 영원한 저주가 내리리라!

알려 다오. 가마솥이 왜 가라앉지?

120 이건 또 무슨 소리냐?

　　　　　　　　오보에 소리, 가마솥이 내려간다

마녀 1 보여 줘.

마녀 2 보여 줘.

---

76) 던시네인 언덕은 퍼스에서 북쪽으로 10여 마일 떨어져 있으며, 버남 숲은 북서쪽
으로 15마일 정도 더 떨어져 있다.

마녀 3 보여 줘.

마녀들 그에게 보여 주어 그의 마음을 아프게 해라.

125   그림자처럼 왔다가, 그림자처럼 떠나라!

여덟 명의 왕이 보이고 뱅코가 마지막으로 보인다,
여덟 번째 왕은 손에 거울을 들고 있다

맥베스 넌 뱅코의 망령과 너무나 닮았구나. 사라져라!
너의 왕관을 보니 내 눈알이 타는 것만 같구나.
그리고 또 다른 금관을 쓴 자, 네 머리도 처음 놈과 같구나.
세 번째도 앞에 놈과 같고, 이 더러운 마녀들아,

130   왜 나에게 이걸 보여 주는 것이냐?
넷째 놈? 눈알이 튀어나오는구나!
뭐? 이 혈통이 최후의 심판 날까지 계속될 거라고?
아직 또? 일곱 번째? 더 보지 않겠다.
그런데도 여덟 번째가 거울을 들고 또 나타나

135   더 많은 왕을 보여 주는군.
몇몇은 보주가 두 개에, 왕홀을 세 개나 지녔구나.
끔찍한 광경이로다! 이제야 이것이 사실임을 알겠다!
머리가 피투성이가 된 뱅코가 나를 보고 웃으며
그들이 자기 자손이라고 가리키고 있으니.

[왕들과 뱅코 퇴장]

140   아니, 이게 사실이냐?

마녀 1 아무렴, 모두 사실이오.

그런데 맥베스는 왜 저렇게 경악하는 거지?

자, 얘들아, 그의 기분을 풀어 주고

최고의 재미를 보여 주자.

145 난 공기에 마술을 부려 소리를 낼 테니

너흰 환상적인 춤을 추어라.

이 위대한 왕께서

우리가 충성을 다해 그를 영접했다고 치하하도록 말이야.

음악 소리　　　　　　　　　　마녀들 춤을 추다 사라진다.

맥베스 어디로 갔지? 사라졌나?

150 이 불길한 시간은 달력 속에서 영원히 저주받을지니!

밖에 누구 있느냐! 들어오라!

레녹스 등장

레녹스 무슨 분부시옵니까?

맥베스 운명의 자매들을 보았소?

레녹스 아닙니다, 폐하.

155 **맥베스** 옆을 지나가지 않았소?

레녹스 못 봤습니다, 폐하.

맥베스 타고 다니는 공기에 염병이나 걸리라지.

그것들을 믿는 자는 지옥에나 떨어져라!

분명 말발굽소리를 들었는데, 누가 왔소?

160 **레녹스** 폐하, 두세 명이

맥더프가 잉글랜드로 도망친 소식을 갖고 왔습니다.

맥베스 잉글랜드로 도망갔다고?

레녹스 예, 폐하.

맥베스 시간이여, 너는 내가 하려는 끔찍한 일[77]을   방백

165 미리 알고 막았구나.

쏜살같은 목표는 행동이 뒤따르지 않으면

절대 잡을 수 없는 법.

이 순간부터는 마음에 생각이 떠오르면

바로 손이 행하게 될 것이다. 그래, 지금부터라도

170 생각에 행위의 왕관을 씌우기 위해 생각한 대로 실행하자.

맥더프의 성을 기습하고

파이프를 점령하여, 그자의 처자식들,

그의 대를 이를 불운한 영혼들을

모조리 칼날에 바치리라. 바보처럼 장담 말고

175 각오가 식기 전에 이 일을 끝내야지.

망령은 더 이상 없어! ─ 그들은 어디 있소?   레녹스에게

어서 그들이 있는 곳으로 안내하라.   모두 **퇴장**

---

77) 맥더프를 살해하려는 일.

4막 2장[78]
장면 16

맥더프 부인, 그녀의 아들과 로스 함께 등장

맥더프 부인 그이가 무슨 일을 했기에
이 나라를 떠나야 한단 말이오?
로스 참으셔야 합니다, 부인.
맥더프 부인 그이가 못 참았지요.
5 도망은 미친 짓이에요. 아무 짓도 안 했는데 두려워하니
반역자로 몰리는 것이지요.
로스 그런 행동을 한 게 지혜로워서인지
두려움 때문이지 부인은 모를 일이오.
맥더프 부인 지혜라고요? 처자식을 버리고
10 집과 지위를 남겨두고 혼자 떠나는 것이요?
그이는 우리를 사랑하지 않아요.
그는 선천적으로 애정이 부족해요.
새 중에서 가장 작은 굴뚝새도
둥지에 새끼들이 있으면 올빼미에 맞서 싸운다지요.
15 모두 두려움 때문이지 거기에 사랑은 없어요.
지혜는 무슨 지혜란 말인가요?

---

78) **장소** 맥더프의 성, 파이프.

도망도 이치에 닿아야죠.

로스 부인, 제발 진정하세요.

부군으로 말씀드리자면,

20   고귀하고, 현명하고, 정의로우며,

격동하는 현 시국을 가장 잘 아시는 분입니다.

감히 더 말씀드리지는 않겠지만 험한 시기입니다.

자신도 모르게 역적이 되며,

그저 두려움 때문에 소문을 믿기도 하지만

25   실은 무엇을 두려워하는지조차 모르면서

거칠고 사나운 바다 위에 이리저리 휩쓸리는 때입니다.

그만 가 보겠습니다.

하지만 곧 다시 올 것입니다.

무슨 일이든 최악에 이르면 그치는 법입니다.

30   아니면 점점 좋아져 예전으로 돌아가는 법이지요.

어여쁜 내 조카, 네게 축복이 내리길!   *맥더프의 아들에게*

맥더프 부인 그 애는 아비가 있는데도

아비 없는 애가 되었어요.

로스 더 이상 지체하다간 아주 바보가 되겠군요.

35   눈물을 보여 체통도 잃고 부인께는 민폐가 될 터이니.

그만 물러가겠습니다.   *로스 퇴장*

맥더프 부인 애야, 네 아버지는 죽었다.

이제 어떻게 할 셈이냐? 어떻게 살아갈래?

아들 새들처럼 살죠, 어머니.

40 **맥더프 부인** 뭐라고, 벌레와 파리나 잡아먹으면서 말이냐?

아들 뭐든 잡히는 대로요. 새들도 그렇게 하잖아요.

맥더프 부인 불쌍한 새로구나. 너는 그물이나 끈끈이,

함정이나 올가미도 두려운 줄 모르는구나.

아들 왜 그래야 하지요, 어머니?

45 그건 가여운 새들을 노리고 놓아둔 게 아니에요.

아버지는 돌아가시지 않았어요.

어머니는 그렇게 말씀하시지만요.

맥더프 부인 아냐, 아버진 돌아가셨다.

아버지 없이 이제 어떻게 할래?

50 **아들** 그럼, 어머니는 남편 없이 어떻게 하실 건가요?

맥더프 부인 이런, 나야 시장에 가면

남편 스무 명은 살 수 있어.

아들 그럼 그걸 또 되팔면 되겠군요.

맥더프 부인 못하는 소리가 없구나.

55 어린 것이 어찌 그런 말을.

아들 아버지는 반역자였나요, 어머니?

맥더프 부인 그래, 그렇단다.

아들 반역자가 무엇인가요?

맥더프 부인 음, 맹세를 하고서 거짓말을 하는 사람이지.

60 **아들** 그럼 그렇게 하는 사람은 모두 반역자인가요?

맥더프 부인 그렇게 하는 사람은 모두 반역자란다.

교수형에 처해야 해.

아들 그러면 맹세를 하고

거짓말을 하면 모두 교수형을 당해야 해요?

맥더프 부인 누구든지.

아들 그럼 누가 그들을 교수형에 처하죠?

맥더프 부인 음, 정직한 사람들이.

아들 그렇다면 거짓말쟁이와

맹세를 하는 자들은 모두 바보네요.

거짓말쟁이와 맹세를 하는 자들은 정직한 사람들을 누르고

목매달 수 있을 만큼 많으니 말이에요.

맥더프 부인 이런, 딱하기도 하지. 가엾은 녀석.

그나저나 아비 없이 어떻게 할래?

아들 아버지가 돌아가셨다면 어머니는 우셨겠죠.

그렇지 않았다면 그건 곧

새 아버지가 생길 거라는 확실한 증거지요.

맥더프 부인 이런 수다쟁이 같으니라고.

못하는 말이 없구나!

전령 등장

전령 마님께 축복이 있기를. 마님은 절 모르시겠지만

저는 마님의 높으신 지체를 잘 압니다.

마님 신변에 위험이 닥칠까 걱정되니

이 미천한 자의 충고를 들으신다면

아이들과 함께 이곳을 떠나십시오.

이렇게 놀라게 해 드려서 무례한 줄은 알지만

85 그보다 더한 일이 생기면 험한 꼴을 당하실 것입니다.

지금 그게 마님 가까이 왔습니다. 신의 가호를 빕니다!

저도 더 머물지 못합니다. _전령 퇴장_

맥더프 부인 어디로 도망을 간담?

아무 해도 끼친 적이 없는데.

90 하지만 나는 이 속세에 살고 있고,

여기선 해를 입힌 일이 종종 칭송을 받고,

좋은 일이 때로는 위험하고 어리석은 일로 치부된다.

그렇다면, 아아, '나는 악한 일을 한 적이 없다'고

여자 같은 변명을 한들 무슨 소용이랴?

95 이자들은 뭐지?

자객들 등장

자객 1 남편은 어디 있지?

맥더프 부인 너희 같은 놈들이 찾아 낼 수 있는,

그런 불경한 곳에는 없길 바란다.

자객 1 그는 반역자야.

100 **아들** 거짓말, 이 털보 악당아!

자객 1 뭐라느냐, 요 애송이가?

반역자의 새끼! _맥더프의 아들을 찌른다_

아들 어머니, 이자가 날 죽여요.

도망가세요. 어서요!   죽는다

'살인이야'라고 외치며 맥더프 부인 퇴장

자객들 뒤쫓는다

4막 3장79)

장면 17

맬컴과 맥더프 등장

맬컴 인적 없는 곳을 찾아,

속 시원히 울며 슬픈 가슴을 달랩시다.

맥더프 그보다는 차라리 남자답게 응징의 칼을 들고,

쓰러진 조국을 위해 용감하게 싸웁시다.

5   아침마다 새 과부들이 통곡하고, 새 고아들이 울부짖으며,

새 슬픔이 하늘을 치니, 하늘도 스코틀랜드와 공감하듯

똑같은 비탄의 소리를 내고 있습니다.

맬컴 내 믿는 것 통탄하고 아는 것을 믿으리라.

또한 내가 바로 잡을 수 있는 것은 때가 오면 그렇게 하리다.

10   경이 한 말은 아마 맞을지도 모르오.

---

79) **장소** 잉글랜드, 궁정.

이름만 불러도 혀에 물집이 생기는 이 폭군도

한때는 정직하다 생각했었소.

경도 그를 꽤나 좋아했고 그도 경을 아직 건들지 않았소.

나는 아직 어리지만,

15   나를 이용해 그에게서 무엇인가 얻어낼 수 있을지도 모르며,

노한 신[80]을 달래기 위해 연약하고 불쌍하고

죄 없는 양을 바치는 것도 지혜로운 일이지요.

맥더프   저는 반역자가 아닙니다.

맬컴   하지만 맥베스는 반역자지요.

20   훌륭하고 덕망 있는 성품도 왕권과 엮이면

굴복할 수 있지요. 하지만 경의 용서를 구해야겠소.

경의 본성이 내 생각에 따라 달라질 수는 없을 테니.

아무리 빛나는 대천사[81]가 타락했어도

천사들은 언제나 빛나죠.

25   비록 온갖 악들이 미덕을 가장할지라도

미덕은 언제나 참모습을 잃지 말아야 합니다.

맥더프   전 희망을 잃었습니다.

맬컴   아마 그 때문에 내가 경을 의심하게 된 건지도 모르오.

어째서 경은 그토록 소중한 사람들,

30   강한 사랑의 매듭인 처자식을 그런 무방비 상태로 버려 두고

작별 인사도 없이 떠났나요?

---

80)   맥베스.

81)   루시퍼 또는 사탄.

부디 나의 의심을 경에 대한 모독이라고 생각지 마시오.

오직 내 안전을 위한 것뿐이라오.

내 생각이 어떻든 경은 정당한 사람일지도 모르겠소.

35 **맥더프** 피를 흘려라, 피를 흘려라, 불쌍한 조국이여!

위대한 폭정이여, 네 기반을 단단히 하라.

선이 감히 너를 막지 못하나니, 부당한 이득을 맘껏 누려라.

왕위는 확고하다! ─ 안녕히 계십시오, 왕자님.

저는 왕자님이 생각하는 그런 악한은 되고 싶지 않습니다.

40 비록 폭군의 손아귀에 든 모든 땅에

풍요로운 동방을 더해 준다 해도요.

맬컴 언짢아 마시오.

경을 꼭 불신해서 하는 소리가 아닙니다.

내 생각에도 우리나라가 멍에에 짓눌려 가라앉고 있소.

45 조국은 울고, 피 흘리고, 날이 갈수록

상처에 상처를 더하고 있소. 더욱이 나의 적법함을 위해

손을 들어 줄 사람이 있을 것이라 생각하오.

또 이곳 인자한 잉글랜드 왕께서 내게

수천 명의 정병을 내리셨소.

50 허나 이 모든 것에도 불구하고

저 폭군의 머리를 내 발 아래 짓밟거나,

내 칼에 꿰게 되면, 내 불쌍한 조국은

왕위를 계승할 자 때문에 전보다 더 많은 악덕을 경험하고

전에 없는 다양한 방법으로 고통을 당하게 될 것이오.

55 **맥더프** 그게 누굽니까?

맬컴 그게 바로 나요. 나에게는 온갖 악덕이

하나하나 뿌리박혀 있어, 그것들이 드러나게 되면

검은 맥베스조차 눈처럼 순결해 보일 것입니다.

그리고 이 불쌍한 나라도 나의 한없는 해악에 비교할 때

60 그를 한 마리 순한 양처럼 생각할 것이오.

맥더프 아무리 무서운 지옥의 무리 중에서도

맥베스를 능가할 극악한 악마는 없을 것입니다.

맬컴 나도 그를 잔인하고

색정적이며, 탐욕스럽고, 불의와 기만을 일삼으며,

65 충동적이고, 사악하고,

온갖 죄악의 냄새를 풍기는 자라 인정하오.

하지만 나의 색욕도 바닥을 모릅니다.

당신들의 아내와 딸들, 기혼녀, 미혼녀로도

내 욕정의 통을 채우지 못할 것이오.

70 또 나의 욕망은 그 뜻을 거역하는 장애를

모조리 짓밟을 것이오.

그런 자가 다스리느니 맥베스가 더 나을 거요.

맥더프 아무리 천성이 무절제하고 방탕한 사람이라도

폭정이 틀림없습니다. 그 때문에

75 행복한 왕좌도 때 아니게 비게 되고

수많은 왕이 몰락하기도 했습니다.

하지만 자신의 것[82]을 갖는 걸 두려워하지 마십시오.

쾌락은 얼마든지 은밀하게 즐기시되

겉으로는 무심한 듯 세상눈을 속일 수도 있습니다.

80   왕자님이라면 기꺼이 응할 여인은 얼마든지 있습니다.

독수리같이 탐욕스러운 욕정을 지녔다 하더라도

그러한 왕자님의 뜻을 받들어 스스로를 바치겠다고 나서는

그 많은 여인네를 다 탐식하지는 못할 것입니다.

맬컴 그뿐이 아니오.

85   나의 이 비길 데 없는 못된 천성 속에는

채울 길 없는 탐욕이 자라고 있소. 내가 왕이 된다면

귀족들의 영지를 빼앗기 위해 그들을 죽이고

이자의 보석을, 저자의 저택을 탐낼 것이오.

그리고 더 많이 가질수록 더더욱 갈구하게 되어

90   착하고 충성된 자들에게 당치도 않는 싸움을 걸어

그들의 재산을 빼앗고 파멸시킬 거요.

맥더프 그러한 탐욕은 여름 한철의 색정보다

더 깊이 뿌리를 내리며 자랍니다.

또 그것은 왕들을 죽인 칼이기도 했습니다.

95   그러나 걱정하지 마십시오.

스코틀랜드는 왕실 재산만으로도

왕자님의 욕심을 채우기에 충분합니다.

---

82) 스코틀랜드 왕좌.

다른 미덕이 균형을 맞춰 준다면

이런 흠은 그리 대단한 것이 못됩니다.

100 **맬컴** 하지만 나에겐 하나도 없소. 왕에게 어울리는 미덕들,

이를테면 정의감, 진실성, 절제, 굳은 지조,

관대함, 끈기, 자비로움, 겸손, 경건함, 인내, 용기,

불굴의 의지 같은 건 눈곱만치도 없고,

도리어 세상의 죄악이란 죄악은 모조리 지니고 있어

105 온갖 방법으로 죄를 범하고 있소.

아니, 내가 권력을 잡는다면

감미로운 조화의 우유는 지옥으로 쏟아 버리고

우주의 평화를 혼돈에 빠뜨리고

지상의 화합을 파괴하고 말 것이오.

110 **맥더프** 아, 스코틀랜드, 스코틀랜드여!

맬컴 이런 인간도 나라를 다스릴 자격이 된다면 말하시오,

난 내가 말한 그대로요.

맥더프 다스릴 자격이라고요?

아니, 살 자격도 없소. 아, 가엾은 나라여,

115 왕위를 찬탈한 폭군이 피 묻은 왕홀을 쥐었으니

어느 세월에 너는 다시 태평한 날을 볼 수 있겠느냐,

왕위를 이어 받을 정당한 후계자는

스스로를 금치산자라고 비난하며

자신의 핏줄마저 모독하고 있지 않은가?

120 왕자님의 부왕께서는 최고 성군이셨소.

왕자님을 낳은 왕비님께서는
서 있을 때보다 무릎 꿇고 기도하실 때가 더 많으셨고
매일매일 죽음 같은 신앙의 고행 속에 보내셨습니다.
안녕히 계십시오.

125 스스로 되뇌신 그러한 악덕들 때문에
제가 스코틀랜드를 떠날 수밖에 없었던 것입니다.
오, 내 가슴아, 너의 희망은 여기서 끝이구나!
맬컴 맥더프, 진실함에서 우러나오는 고귀한 열정이
나의 영혼에서 검은 의심을 완전히 씻어 버리고,

130 내 생각을 회유하여
그대의 진실과 명예를 인정하게 만들었소.
악마 같은 맥베스가 온갖 술책으로
나를 자신의 손아귀에 넣으려 했기에, 신중을 기하여
너무 쉽사리 믿고 서두르는 걸 삼가고자 한 것이오.

135 하지만 하늘에 계신 신이 경과 나 사이를 중재하는구려!
지금 이 순간부터 나는 경의 인도에 나 자신을 맡기고,
나 스스로에 대한 비방을 취소하겠소.
내 자신에게 늘어놓았던 오점과 비난은
모두 내 천성에 어긋나는 것이니 이 자리에서 모두 부정하오.

140 나는 아직 여자를 모르며, 결코 거짓 맹세도 하지 않았고,
내 것조차 탐내 본 적도 거의 없소이다.
신의를 저버린 적은 한 번도 없고,
악마조차도 그 동료에게 팔아 본 적이 없으며,

생명만큼 진실에 더 기뻐하오.

145 　나의 첫 거짓말은 나를 두고 한 말이었소.

나는 진실로 경의 것과 가여운 조국의 것이 되어

그 명을 받들 것이오.

사실 경이 이곳에 오기 전에

노장 시워드가 완전 무장한 군사 일만을 거느리고

150 　채비를 갖춘 뒤 출발했소. 이제 우리가 합류할 것이며,

성공할 가능성은 우리의 싸움이 정당한 만큼

클 것입니다. 왜 아무 말이 없소?

맥더프 　이렇게 좋은 일과 나쁜 일이 한꺼번에 닥치니

어찌할 바를 모르겠습니다.

전의 등장

155 　**맬컴** 　그럼 나중에 얘기합시다.

왕께서 행차하십니까?

전의 　예, 왕자님. 한 무리의 비참한 영혼들이

폐하의 치료[83]를 기다리고 있습니다.

그들의 병은 위대한 의술로도 어쩔 수 없지만,

160 　폐하의 손이 닿기만 하면

하늘이 그의 손길에 놀라운 신성을 내려

---

83)　왕이 만지면 병이 낫는다고 믿고 있다.

그들은 즉시 회복되옵니다.

맬컴 고맙소.   전의 퇴장

맥더프 무슨 질병을 말하는 것이옵니까?

165 **맬컴** 연주창84)이라는 병입니다.

이곳의 어진 왕이 하시는 기적 같은 일로서

제가 잉글랜드에 머문 이래 자주 보았습니다.

어떻게 하늘에 간청하는지는 그분이 가장 잘 알겠지요.

의사들도 포기하고, 보기만 해도 가여울 만큼

170 온통 부어오르고 곪아터져 고통받는 환자들을 고친답니다.

환자들의 목에 한 닢의 금화를 걸어 주고

성스러운 기도를 하면 낫는답니다.

듣기로는 왕위 계승자에게 이 치유의 은총을 물려준다지요.

이 신통력 외에도

175 그는 하늘이 내려준 예언 능력도 있다고 합니다.

온갖 축복이 그의 옥좌를 둘러싸고 있으니

그에게 은총이 충만하다는 것을 말해 주고 있어요.

로스 등장

맥더프 보세요, 누가 오고 있습니다.

---

84) '왕의 악'이라고 하며, 림프절에 염증이 생기는 병이다. 왕이 만지면 낫는다고 전
해진다.

맬컴 우리나라 사람[85]인데 누군지 모르겠소.

180 **맥더프** 오, 항상 품위 있는 나의 사촌, 잘 오셨소.

맬컴 아, 이제야 알겠군. 신이여, 우리를 낯설게 만드는

방해물[86]을 빨리 없애 주소서!

로스 동감입니다.

맥더프 스코틀랜드는 여폐하오?

185 **로스** 아, 불쌍한 나의 조국이여,

스스로를 아는 것조차 겁날 정도입니다.

모국이라 부르기보다 차라리 무덤이라 불러야죠.

무지하지 않고서야 그 누구도 웃지 않으며

한숨과 탄식 소리, 대기를 찢는 비명 소리에

190 아무도 귀 기울이지 않습니다.

격렬한 슬픔도 그저 흔한 감정처럼 보입니다.

조종弔鐘 소리가 울려도 누가 죽었는지 아무도 묻지 않으며,

선량한 자의 목숨이 그들 모자에 꽂힌 꽃보다 먼저 시들어

병이 들기도 전에 사그라집니다.

195 **맥더프** 아, 너무나도 정확하고 너무나 진실한 말이오!

맬컴 최근에는 어떤 슬픔이 있었소?

로스 한 시간만 지나도 새 소식이 아니라고 야유를 받습니다.

시시각각 새로운 슬픔이 생겨나니까요.

맥더프 내 아내는 어떻소?

---

85) 같은 스코틀랜드 사람.

86) '상황'을 말하며 더 구체적으로는 맥베스를 가리킨다.

200 **로스** 뭐, 잘 계시지요.

맥더프 그리고 아이들은?

로스 잘 계십니다.

맥더프 폭군이 그들의 평화를 깨뜨리지 않았소?

로스 아니요, 제가 떠날 때는 모두들 잘 있었습니다.

205 **맥더프** 말을 아끼지 마시고요, 어떻습니까?

로스 제가 무거운 마음으로

소식을 폐하러 이곳에 오는데, 들리는 소문에

많은 의로운 자들이 들고 일어났다 합니다.

그 사실에 제 믿음이 더욱 확고해진 것은

210 폭군의 군대가 진군하는 것을 보았기 때문이죠.

이제 도울 때입니다.   맬컴에게

스코틀랜드에 왕자님의 모습만 보여도

삽시간에 군대가 만들어지고, 여자들도 싸울 것입니다.

처참한 상황에서 벗어나려고 말입니다.

215 **맬컴** 우리가 그리로 가니 안심해도 될 것이오.

덕망 높으신 잉글랜드 왕께서

시워드 장군과 일만 대군을 내주셨소.

그보다 더 노련하고 용감한 장군을

어떤 기독교 국가에서도 찾을 수 없지요.

220 **로스** 이런 위안이 되는 말씀에

저도 같은 대답을 드릴 수 있다면 좋으련만!

그러나 제 소식은 아무도 듣는 이 없는

사막의 허공에서나 떠들어 대야 옳은 말들입니다.

맥더프 무엇에 관한 거요?

225 일반적인 것[87])이오?

아니면 어떤 한 사람만의 개인적인 슬픔입니까?

로스 정직한 사람이면

누구나 마음 아파하지 않을 수 없는 비애지만,

특히 경이 가장 슬퍼할 소식입니다.

230 **맥더프** 내 일이라면

숨기지 말고 말씀해 주시오. 어서요.

로스 부디 경의 귀가 제 혀를 영원히 원망하지 마시기를.

경의 귀가 여태껏 들어보지도 못한

처참한 소리일 테니까요.

235 **맥더프** 음, 짐작이 갑니다만.

로스 경의 성이 기습당했고,

부인과 아이들이 무참하게 살해당했습니다.

그 모습을 소상히 말씀드린다는 것은 마치

이미 살해당한 사슴의 시체 더미 위에

240 경의 주검을 얹는 것이나 다름없습니다.

맬컴 아, 이럴 수가!

모자를 이마 아래로 내려[88]) 그 슬픔을 감추려 하지 마시오.

슬픔은 말로 토해 내야 하오. 말로 하지 않는 슬픔은

---

87) 스코틀랜드의 우환.

88) 슬플 때 흔히 하는 행동.

미어지는 가슴에 속삭여 심장을 터뜨려 버리고 말아요.

245 **맥더프** 우리 아이들도?

로스 부인과 아이들, 하인들까지요. 눈에 띄는 사람은 다요.

맥더프 그런데도 난 그곳을 떠나야 했다니!

내 아내도 죽었단 말이오?

로스 이미 말씀드렸지요.

250 **맬컴** 진정하시오.

위대한 복수의 약을 만들어

이 엄청난 슬픔을 치료해 봅시다.

맥더프 그[89]에겐 자식이 없습니다. —

아, 귀여운 내 자식들을 모두?

255 모두라고 말하셨소? 이런 지옥의 매 같으니! 모두를?

나의 사랑스러운 병아리와 암탉을 모두 단번에 덮쳐?

맬컴 사내답게 이겨 내시오.

맥더프 그래야겠지요.

하지만 사나이처럼 느끼기도 해야 합니다.

260 나에게는 무엇보다도 소중한 존재들이었다는 사실을

떨쳐 낼 수가 없습니다. 하늘은 바라만 보고

도와 주지도 않았단 말인가? 죄 많은 맥더프,

모두 나 때문에 당했다. 나는 사악한 인간이야.

그들의 죄가 아니라 나의 죄 때문에

---

89) 맥베스 또는 맬컴을 가리킨다.

265 죄 없는 영혼이 살육당했구나.

하늘이여, 이제 그들을 쉬게 하소서!

맬컴 당신의 칼날을 가는 숫돌로 삼아

비탄을 분노로 바꾸고 마음을 갈아 격노의 날을 세우시오.

맥더프 아, 여자처럼 눈으로는 눈물을 흘리고

270 혀로는 허풍이라도 떨 수 있으면 좋으련만!

그러나 친절한 신들이여,

더 이상 지체 말고, 저 스코틀랜드의 악마와 맞붙게 하소서.

내 칼이 닿는 곳에 그놈을 세워 주소서.

그가 빠져나간다면 하늘도 그를 용서하소서.

275 **맬컴** 장부답게 말씀하시는군요.

자, 폐하께 갑시다. 우리 군대는 채비를 마쳤습니다.

남은 것은 작별인사뿐이오.

맥베스는 흔들면 떨어질 만큼 무르익었고,

신성한 군대도 무장을 갖추었소.

280 아무쪼록 기운을 내시오.

밤이 아무리 길어도 낮은 반드시 오고야 마는 법이니.

모두 퇴장

제5막

5막 1장⁹⁰⁾

장면 18

전의와 시녀 등장

전의 이틀 밤을 함께 지켜보았지만,

말씀하신 증세는 볼 수가 없군요.

왕비께서 마지막으로 걸으신 게⁹¹⁾ 언제라고요?

시녀 폐하께서 전장으로 나가신 후인데,

5   침대에서 일어나 잠옷을 걸치시고 벽장문을 열고

종이를 꺼내 그것을 접어 그 위에 무엇인가 쓰시더니

읽어 보고 다시 봉인하고 침대로 돌아가는 것을 보았습니다.

그런데 그렇게 하시는 동안 계속 깊이 잠들어 계셨습니다.

전의 완전히 잠들어 있으면서도 깨어 있을 때와 마찬가지로

10   행동한다는 것은 심각한 이상이 있는 거요.

이렇게 자면서 활동하는 일 중에 걷거나 다른 행동 말고

언제고 무슨 말씀을 하시는 것을 들은 적은 없소?

시녀 그분이 하신 말씀 그대로를 전의께 전해 드릴 순 없어요.

전의 나에게는 괜찮소. 그리고 마땅히 말해 주어야 하오.

15 **시녀** 전의님뿐만 아니라 누구에게도 안 돼요.

제 말을 보증해 줄 증인이 없으니까요.

---

90) **장소** 맥베스의 성, 던시네인.

91) 잠자는 중에 걸어 다니는 몽유병 증세를 말한다.

맥베스 부인, 촛불을 들고 등장

보세요, 이리로 오고 계십니다. 늘 저러신답니다.

그리고 맹세코 깊이 잠들어 계신 거예요.

잘 보세요. 몸을 숨기고요.   몸을 숨긴다

20   **전의** 저 촛불은 어디서 났을까?

시녀 그야 늘 곁에 있으니까요. 항상 불을 옆에 두세요.

그리 하라 명하셨죠.

전의 보시오, 눈은 뜨고 있잖소.

시녀 예, 하지만 감각은 닫힌 상태예요.

25   **전의** 지금 뭘 하시는 거지?

자꾸 손을 비비고 계시는데.

시녀 늘 저런 행동을 하세요.

마치 손을 씻고 계시는 것처럼요.

15분 동안 저러고 계시는 걸 본 적도 있답니다.

30   **맥베스 부인** 여기 아직도 자국이 있네.

전의 쉬, 말씀을 하신다. 무슨 말을 하는지 적어 둬야지.

기억을 더욱 확실히 하려면.

맥베스 부인 없어져라, 저주받은 자국아! 없어지라고!

─하나, 둘92), 그럼 이제 해치울 시간이네.─

35   지옥은 음울하구나. ─아니, 폐하, 이런!

---

92) 맥베스 부인은 시간을 알리는 종소리가 들리거나 맥베스에게 보내는 신호로 종을 치는 것으로 상상하고 있다.

군인인데 뭐가 두렵죠?

누가 알든지 두려워할 게 뭐 있어요?

우리가 권력을 가진 걸 누가 뭐라 한다고요?

— 그런데 그 늙은이 몸에서

40 그렇게 많은 피가 나올지 누가 알았겠어요?

전의 저 소리 들었소?

맥베스 부인 파이프의 영주93)에겐 아내가 있었지.

그녀는 지금 어디 있지?

— 아니, 이 손은 절대 깨끗해질 수 없다고? —

45 그만, 폐하, 그만하세요.

그렇게 떨다간 모든 것을 망쳐 버려요.

전의 이런, 이런. 알아서는 안 되는 일을 알았군.

시녀 해서는 안 될 말을 하셨어요. 그건 분명해요.

왕비께서 뭘 알고 계신지는 하늘만이 알지요.

50 **맥베스 부인** 아직도 피 냄새가 나네.

온갖 아라비아의 향수로도

이 작은 손을 향기롭게 하지는 못할 거야. 아, 아!

전의 무슨 한숨이 저런가! 가슴이 무겁게 짓눌려 있구나.

시녀 아무리 높은 지위를 준다 해도

55 내 가슴에 저런 마음을 지니진 않겠어요.

전의 아무렴, 그렇지요.

---

93) 맥더프를 가리킨다.

시녀 제발 나아지셨으면 좋겠어요, 전의님.

전의 이 병은 내 의술로도 안 됩니다.

그렇지만 잠자면서 걸어 다닌 사람이

60 침대에서 편하게 죽은 것은 봤소.

맥베스 부인 손을 씻고 잠옷을 입으세요.

그렇게 떨지 말고 보세요.

거듭 말씀드리지만 뱅코는 땅에 묻혔어요.

그가 무덤에서 나올 리가 없어요.

65 **전의** 그렇게 된 거란 말이지?

맥베스 부인 자, 어서 잠자리에 드세요.

누군가 문을 두드리네요.

자, 자, 자, 자, 손을 이리 줘요.

이미 끝난 일은 어쩔 수가 없는 법.

70 자러 가자고요, 자러 가, 자러 가요.　　　　*맥베스 부인 퇴장*

전의 이제 침대로 가시는 겁니까?

시녀 곧장요.

전의 흉악한 소문이 돌고 있어요. 자연에 역행하는 행위는

반드시 자연에 역행하는 재앙을 낳는 법.

75 오염된 마음은 귀먹은 베개에라도 비밀을 털어놓겠지.

왕비께는 전의보다는 성직자가 더 필요합니다.

하나님, 저희 모두를 용서하소서! 잘 돌봐 드려요.

자해를 할 만한 물건은 모두 치워 버리고

항상 눈을 떼지 마시오. 그럼 이만.

80 　왕비께서 내 마음을 혼란에 빠뜨리고 내 눈을 놀라게 했소.

생각은 하지만 감히 입 밖에 내지 못하겠구나.

시녀 그럼 안녕히 주무세요, 전의님.　　　　　　모두 퇴장

5막 2장⁹⁴⁾
장면 19

고수와 기수, 멘티스, 케스니스, 앵거스, 레녹스, 병사들 등장

멘티스 맬컴 왕자와 그의 숙부 시워드,

충성스런 맥더프 경이 이끄는 잉글랜드 군이 가까이 와 있소.

복수심에 불타는 그들의 처절한 동기라면

죽은 자도 일어나 살벌한

5 　혈전에 뛰어들 것이오.

앵거스 아마도 버남 숲 근처에서

그들을 만날 것이오. 그쪽으로 오고 있으니까.

케스니스 도날베인 왕자가 형과 함께 있을지 누가 아오?

레녹스 같이 있지 않는 것이 분명하오. 저에게

10 　모든 귀족의 명부가 있어요. 시워드 장군의 아들을 비롯하여

이제야 처음 성인이 되었음을 선포한

---

94)　**장소** 던시네인 근처.

새파란 젊은이들이 많습니다.

맨티스 폭군은 어쩌고 있소?

케스니스 던시네인 성을 단단히 방어하고 있소.

15 그가 미쳤다고 하는 이들도 있고,

미움이 덜한 이들은 용맹스런 광기라고도 한답니다.

하지만 확실한 것은 혼란에 빠진 사태를

지배의 혁대로 조일 수는 없다는 점이오.

앵거스 이제야 그도 느낄 것이오. 비밀스런 살인이

20 얼마나 그의 손에 끈덕지게 달라붙어 있는지.

지금 시시각각으로 일어나는 반란은

그의 대역을 신랄히 꾸짖으며

그의 명령을 받는 자들도 명령에 따를 뿐 충성심은 없어요.

이제야 그도 마치 거인의 옷을 난쟁이 도둑이 입은 듯

25 그의 왕권이 자신에게 맞지 않는다는 것을 느낄 것이오.

맨티스 그렇다면 그의 괴로운 마음이

위축됐다 살아났다 하는 것을 누가 비난할 수 있단 말이오?

그의 마음속에 있는 모든 것이

단지 그곳에 있다는 것만으로 스스로 비난할진대?

30 **케스니스** 자, 이제 진군합시다.

진정 충성을 바칠 곳에 충성하기 위해.

이 병든 나라를 치료해 줄 의사95)를 맞아

---

95) 맬컴을 가리킨다.

그와 함께 나라를 정화하는 데

우리의 마지막 피 한 방울까지 쏟아 부읍시다.

35 **레녹스** 아니면 군주라는 꽃에 이슬을 내리고,

잡초를 말려 죽이는 데 필요한 만큼 모두 바칩시다.

버남을 향해 진군합시다.   *모두 진군하며 퇴장*

5막 3장[96)]
장면 20

맥베스, 전의, 시종들 등장

맥베스 더 이상 보고할 것 없다. 모두 달아나라고 해.

버남 숲이 던시네인으로 움직이지 않는 한

겁날 것은 없다. 애송이 맬컴이 뭔데?

그놈도 여자 배 속에서 태어났지 않느냐?

5 인간의 운명을 꿰고 있는 정령들이 이렇게 말했지.

'두려워 마라, 맥베스. 여자의 몸에서 태어난 자는 누구도

너를 이기지 못할 것이다.'라고 말이야.

그러니 도망쳐라, 엉터리 귀족들아.

방탕한 잉글랜드 놈들과 어울리라고.

---

96) **장소** 맥베스의 성, 던시네인.

10   나를 지배하는 정신과 내가 품은 심장은
     절대 의심으로 처지거나 두려움으로 떨지 않는다.

     하인 등장

     악마의 저주로 시커매져라, 이 허연 낯짝을 한 놈아!
     왜 그렇게 등신 같은 거위 모습을 하고 있느냐?
     하인 일만 대군이 —
15   **맥베스** 거위 떼라도 되느냐, 이놈아?
     하인 군사들입니다.
     맥베스 가서 네 얼굴이라도 찔러 겁먹은 낯짝 붉게 칠해라.
     간덩이가 허옇게 질린 놈. 군사는 무슨, 멍청아?
     넋 빠진 놈! 그 허연 볼따구니를 보면
20   없던 두려움도 생기겠다.
     무슨 군사란 말이냐, 이 허연 낯짝아?
     하인 잉글랜드 군이옵니다.
     맥베스 그 낯짝 좀 치워라.   하인 퇴장
     ─ 시턴! ─ 저 꼴을 보고 있으려니 속이 다 메스껍구나.
25   ─ 시턴, 어디 있느냐?
     ─ 이 일전으로 내가 영원히 기쁘게 될지,
     당장 자리에서 물러날지 결판난다.
     나는 살 만큼 살았다.
     내 삶의 행로는 시들고 누런 낙엽으로 전락했다.

30   그리고 노년에 따르게 마련인

명예, 사랑, 순종, 수많은 친구 같은 건 바랄 수도 없게 되었다.

그 대신 요란하진 않지만 깊은 저주, 입 발린 아첨과 빈말뿐.

물리치고 싶어도 내 가여운 심장은 감히 그러지 못하는 구나.

— 시턴!

시턴 등장

35   **시턴** 찾으셨습니까?

맥베스 다른 소식이 있느냐?

시턴 보고된 건 모두 사실로 확인되었습니다.

맥베스 뼈에서 살점이 다 떨어져 나갈 때까지 싸울 것이다.

내 갑옷을 다오.

40   **시턴** 아직은 그러실 필요 없사옵니다.

맥베스 그래도 입겠다.

기마병들을 더 보내 전국을 샅샅이 뒤져라.

무섭다고 지껄이는 것들은 모두 교수형에 처해라.

내 갑옷을 달라.   *시턴, 갑옷을 건넨다*

45   왕비는 어떤가, 전의 양반?

전의 아프다기보다는 폐하,

몰려드는 망령에 시달려 쉬지를 못하고 있습니다.

맥베스 그걸 고쳐 보시오.

그대는 마음의 병을 고칠 수 없단 말인가?

50   깊이 뿌리박힌 슬픔을 기억에서 뽑아내고

      뇌에 새겨진 고통을 지워 버리고

      감미로운 망각의 해독제로

      심장을 무겁게 짓누르고 있는 위험한 장애물을

      꽉 막힌 가슴에서 치워 낼 수 없단 말인가?

55   **전의** 그것은 환자 스스로 치유해야 하옵니다.

      맥베스 의술 같은 건 개나 줘 버려. 내겐 소용없어. ─

      자, 갑옷을 입혀라. 그리고 내 창을 달라. ─

                                    호위하고 있는 시종들에게

      시턴, 기병을 더 보내. 전의 양반, 영주들이 도망치고 있어.

      ─ 이봐, 서둘러. ─ 전의 양반,

60   소변이라도 검사해서 왕비의 병환을 찾아내도록 해.

      그래서 그 병을 몰아내어 건강한 상태로 돌릴 수만 있다면

      메아리가 다시 박수갈채를 보낼 때까지

      내 그대에게 박수를 보내리다.

      ─ 이걸 벗기라니까. ─   *시종들에게*

65   무슨 대황이나 센나, 또 설사약 같은 것으로   *전의에게*

      잉글랜드 놈들을 쓸어 낼 순 없을까? 놈들 소문은 들었나?

      전의 예, 폐하. 폐하께서 군대를 동원하셔서

      저희도 들은 게 있었습니다.

      맥베스 그건97) 나중에 가져와.   *시턴 또는 시종에게*

---

97) 60행에서 벗기라고 했던 갑옷의 일부.

70　난 죽음도 파멸도 두렵지 않다.

버남 숲이 던시네인으로 오기 전까지는.

전의　던시네인을 무사히 빠져 나갈 수 있다면　　　방백

득을 본다 해도 다시는 이곳에 오지 않으리라.　　모두 퇴장

5막 4장[98]

장면 21

고수와 기수, 맬컴, 시워드, 맥더프, 시워드의 아들, 멘티스,

케스니스, 앵거스, 병사들 행군하며 등장

맬컴　사촌들, 잠자리가 안전할 날이

가까이 왔다고 믿습니다.

멘티스　전혀 의심할 게 없소.

시워드　이 앞이 무슨 숲이오?

5　**멘티스**　버남 숲입니다.

맬컴　병사들은 모두 가지를 하나씩 잘라

앞에 들도록 하라. 그래야 우리 군대의 수를 숨기고,

적의 정찰대가 잘못된 보고를 하게 될 것이다.

병사　분부대로 하겠습니다.

---

98)　**장소** 버남 숲.

10 **시워드** 듣자하니 저 자신만만한 폭군이

던시네인 성을 지키며 우리의 포위공격을

견딜 것이라던데.

맬컴 그게 바로 그의 유일한 희망이지요.

기회만 주어지면

15 지위가 높고 낮고 할 것 없이 죄다 그에게 반기를 들고,

마음도 없이 강요당한 자들 외에는

누구도 그를 섬기려 하지 않기 때문입니다.

맥더프 우리의 판단이 옳은지는

실제 전투가 끝난 후에야 알 수 있으니

20 우리는 그저 군인의 직분을 다하도록 합시다.

시워드 우리가 뭘 가졌고, 뭘 잃었는지

정당한 결정으로 알 수 있게 될 때가

다가오고 있습니다.

불확실한 희망으로 추측해 볼 순 있지만

25 확실한 건 실제 싸워 봐야 결판이 날 겁니다.

그러니 이기려면 진군합시다.　　　　　　　*모두 행군하며 퇴장*

5막 5장⁹⁹⁾
장면 22

고수와 기수, 맥베스, 시턴, 병사들 등장

맥베스 성벽 밖에 아군의 깃발을 걸어라.

"적들이 온다"는 소리가 계속 들리는구나.

우리 성의 위력이 포위공격을 비웃고 있구나.

기근과 열병이 저놈들을 삼킬 때까지 내버려두어라.

5 우리 편 놈들이 그들과 합세하지만 않았다면

수염과 수염을 맞대고 용감하게 나서서

놈들을 제 나라로 쫓아 버렸을 텐데.

안에서 여자들의 울음소리

무슨 소리냐?

시턴 여자들이 우는 소리이옵니다, 폐하.

퇴장 또는 문가로 간다

10 **맥베스** 나는 공포의 맛을 거의 잃어 버렸다.

이전에는 밤에 비명 소리만 나도

간담이 서늘해지고, 끔찍한 얘기를 들으면

---

99) **장소** 맥베스의 성, 던시네인.

머리카락 한 올 한 올이 마치 살아 있는 것처럼

쭈뼛 설 때가 있었지. 공포라면 배불리 먹었다.

15　살인의 생각도 친숙한 것이 되어

아무리 무서운 일도 나를 놀라게 할 수 없어.

시턴, 다시 등장

왜들 우는 것이냐?　　　　　　　　　　　　　　　시턴에게

시턴 폐하, 왕비께서 돌아가셨습니다.

맥베스 이다음에 죽었어야 하는 건데.[100]

20　이러한 소식[101]에 어울리는 때가 있을 터인데.

내일, 또 내일, 또 내일이

매일 매일 이렇게 종종 걸음으로

기록된 시간의 마지막 순간까지 서서히 다가오고,

우리의 모든 어제는 우리 바보들이

25　한 줌 흙의 죽음으로 가는 길을 밝혀 주었다.

꺼져라, 꺼져라, 덧없는 촛불이여.

삶은 걸어 다니는 그림자에 불과한 것.

무대에서 그저 한동안 뽐내며 안달하다

잊히고 마는 불쌍한 배우일 뿐.

30　그것은 바보가 지껄이는 이야기로,

---

100)　'언젠가는 죽어야 할 몸'이라는 뜻도 된다.

101)　왕비의 죽음.

소리와 분노로 차 있을 뿐 아무런 의미도 없구나.

전령 등장

너도 혓바닥을 놀리려 왔구나. 어서 말을 해 봐.

전령 자비로우신 폐하,

제가 본 대로 아뢰어야 하오나

35 어떻게 아뢰어야 할지 모르겠습니다.

맥베스 어서 말해 보아라.

전령 소인이 언덕에서 망을 보는데,

버남 숲을 보니 순간 그 숲이

움직이고 있다는 생각이 들었습니다.

40 **맥베스** 어디서 거짓을 아뢰는 것이냐? 고얀 놈.

전령 사실이 아니라면 폐하의 노여움을 달게 받겠습니다.

3마일 안에서 그것이 오고 있는 것을 보실 수 있습니다.

움직이는 숲 말입니다.

맥베스 네가 거짓을 말하는 것이라면

45 굶어서 말라 죽을 때까지

가까운 나무에 너를 산 채로 매달 것이다.

네 말이 정말이라면

네놈이 내게 그렇게 해도 상관 않겠다.

결심을 더욱 확고히 해야겠다.

50 참말 같은 거짓말을 하는

세 번째 망령의 말에 의심이 가기 시작하는구나.

"걱정하지 마라, 버남 숲이 던시네인으로 올 때까지."

그런데 이제 숲이 던시네인으로 오고 있다니.

무기를 들어라, 무기를 들고 나가라!

55　이놈이 단언한 것이 사실로 나타난다면,

여기서 도망칠 수도, 버틸 수도 없다.

이제 태양도 지겹다는 생각이 든다.

우주가 다 무너졌으면 좋겠다.

경종을 울려라! 바람아 불어라, 파멸이여 오너라,

60　적어도 갑옷은 입고 죽어 주마. 　　　　　모두 퇴장

5막 6장102)

장면 23

고수와 기수, 나뭇가지를 든 맬컴, 시워드, 맥더프, 병사들 등장

맬컴　이제 충분히 가까워졌다.

나뭇잎 위장은 벗어 버리고 본래의 모습을 보여라.

숙부님은 당신의 고귀한 아드님인 제 사촌과 함께

선봉을 맡아 주세요. 맥더프 경과 저희는

---

102)　**장소** 맥베스의 성 밖, 던시네인.

5 작전대로 나머지 일을 맡겠습니다.

시워드 잘 가시오.

폭군의 군대를 오늘 밤 만난다면,

싸우지 못할 경우 차라리 패배를 맞읍시다.

맥더프 일제히 나팔을 불어라. 있는 힘껏 불어라.

10 피와 죽음을 예고하는 요란한 나팔을.

모두 퇴장, 경종 소리 계속

5막 7장

장면 23에서 계속

맥베스 등장

맥베스 그들이 나를 말뚝에다 묶었다. 달아날 수도 없고

그저 곰처럼[103] 한바탕 싸울 수밖에 없구나.

여자의 몸에서 태어나지 않은 자가 누구냐?

그런 놈만 아니면 누구도 두렵지 않다.

시워드 아들 등장

---

103) 곰을 말뚝에 묶어 놓고 개들을 풀어 싸우게 하던 대중오락의 하나로, 말뚝에 묶인 곰 같다는 뜻.

5   **시워드 아들** 네 이름은 뭐냐?

      맥베스 들으면 무서워 벌벌 떨게 될 거다.

      시워드 아들 그렇지 않아. 네가 지옥의 어느 악마보다

      더 무서운 이름으로 불린다 해도.

      맥베스 내 이름은 맥베스다.

10   **시워드 아들** 악마 자신도 그보다 더 가증스런 이름을

      입에 올리지 못할 것이다.

      맥베스 그래. 더 두려운 이름도.

      시워드 아들 거짓말 마라. 이 혐오스런 폭군.

      내 칼로 네가 하는 말이 거짓임을 증명하겠다.

                              둘이 싸우고 아들 시워드가 죽는다

15   **맥베스** 넌 여자의 몸에서 태어났어.

      칼은 가소롭고, 무기도 우스울 뿐이지,

      여자의 몸에서 태어난 놈이 휘두르는 것이라면.   퇴장

      나팔 소리, 맥더프 등장

      맥더프 저쪽이 소란하다. 폭군아, 얼굴을 보여라.

      내 칼에 맞지 않고 네놈이 죽는다면

20   처자식의 망령이 영원히 나를 괴롭힐 것이다.

      돈에 팔려 창칼을 잡는

      불쌍한 보병들을 칠 수는 없다.

      맥베스, 네가 아니라면 내 칼날을 더럽히지 않은 채

한 번도 휘두르지 않고 칼집에 넣겠다.

25 저기 네놈이 있겠지. 소리가 요란한 걸로 보아
대단히 높은 자가 큰 소리로 외치는 듯하다.
운명이여, 그를 찾게 해 다오!
더 이상은 바라지 않겠다.　　　　　　　　　퇴장, 나팔소리

맬컴과 시워드 등장

시워드 왕자님, 이쪽입니다. 성을 순순히 내놓았습니다.
30 폭군의 부하들은 두 패로 갈라져 싸우고
영주들도 용전분투하고 있습니다.
승리는 왕자님의 것이 분명해졌습니다.
거의 할 일이 없습니다.
맬컴 적군이 우리 편이 되어 싸우는 것도 보았소.
35 **시워드** 성 안으로 드십시오.　　　　모두 퇴장, 나팔 소리

맥베스 등장

맥베스 왜 내가 멍청한 로마인이 하듯
내 칼에 내가 죽어야 하지?[104]
살아 있는 놈들을 본다면 피를 보게 하리라.

---

104) 로마인이 그랬던 것처럼 패했을 때 자살하는 것을 말한다.

맥더프 등장

맥더프 돌아서라, 지옥의 사냥개야, 돌아서!

40 **맥베스** 모든 사람들 중 너만은 피했건만.

그러나 돌아가라. 내 영혼은 이미

네놈의 피로 너무나 버겁다.

맥더프 말은 않겠다.

이 칼 안에 내가 하고 싶은 말이 있으니.

45 말로는 도저히 할 수 없는 이 잔인무도한 악당아!

싸운다, 나팔 소리

맥베스 헛수고다.

네 날카로운 칼로 나를 찔러 피를 보기보다는

허공에 자국을 내는 편이 쉬울 것이다.

그 칼로는 잘 깨지는 투구나 내려쳐.

50 나는 불사신이니 여자가 낳은 놈에겐

절대 지지 않는다.

맥더프 네 마술에 좌절을 맛보아라.

그리고 네놈이 섬겨 왔던 수호천사[105]가

말할 것이다. 맥더프는 달이 차기 전에

55 제 어미의 자궁을 찢고 나왔다고.

맥베스 내게 그렇게 말하는 혓바닥에 저주 있으라.

---

105) 루시퍼.

그 한마디가 나의 용기를 꺾는구나.

그 요망한 악마들을 절대로 믿을 수 없구나.

이중의 뜻으로 우리를 속여

60 귀에는 약속의 말을 늘어놓고,

막상 소원하면 그것을 깨뜨린다. 난 너와 싸우지 않겠다.

맥더프 그럼 항복해라, 비겁한 놈.

살아서 희대의 구경거리가 되어라.

우리는 희귀한 괴물처럼

65 네 얼굴을 장대 끝에 매달고,

그 밑에 "여기 폭군이 있도다."라고 써 놓을 것이다.

맥베스 나는 항복하지 않을 것이다.

애송이 맬컴의 발 앞에 입 맞추고

어중이떠중이의 저주를 받는 놀림감이 되지는 않을 것이다.

70 버남 숲이 던시네인으로 오게 되고,

대적하는 네놈이 여자 몸에서 태어나지 않았다 하더라도

나는 마지막까지 싸울 것이다. 내 앞에

이 결투의 방패를 던지노니. 자, 덤벼라 맥더프.

먼저 "멈춰, 이제 그만!"이라고 외치는 자가

75 저주를 받으리라.   싸우면서 퇴장, 경종 소리

싸우면서 등장, 맥베스 죽는다

[맥베스의 시체를 들고 맥더프 퇴장]

퇴각, 나팔 소리,

고수와 기수, 맬컴, 시워드, 로스, 영주들, 병사들 등장

맬컴 보이지 않는 친구들이 무사히 돌아와 주었으면 하오.

시워드 몇몇의 죽음은 어쩔 수 없습니다.

그러나 내가 볼 때 큰 경사를 꽤 값싸게 얻은 것입니다.

맬컴 맥더프가 보이지 않습니다. 장군님의 아드님도요.

80 **로스** 아드님은 군인의 의무를 다했습니다.106)   *시워드에게*

마지막 순간까지 사나이의 모습이었습니다.

용감함을 증명해 보이자마자

싸우는 자리에서 물러서지 않고

사나이답게 가셨습니다.

85 **시워드** 그러니까 죽었다는 말이오?

로스 예, 싸움터에서 옮겨 놓았습니다.

그의 가치로 장군의 슬픔을 재서는 안 됩니다.

그러면 그 슬픔에 끝이 없을 것입니다.

시워드 상처는 앞쪽에 입었습니까?

90 **로스** 예, 이마에요.

시워드 그렇다면 신의 병사가 되어라!

머리카락만큼 많은 아들이 있다 해도

그 이상의 훌륭한 죽음을 바라지 않으리.

---

106) 죽음.

그렇게 그 아이의 조종이 울렸도다.

95 **맬컴** 그는 더 애도를 받아야 합니다.

내가 그를 위해 값을 치를 것[107]이오.

시워드 그만하면 충분합니다.

사내답게 죽었으니 그의 의무를 다한 것입니다.

신이 그 아이와 함께하길! 저기 또 기쁜 소식이 오는군요.

맥베스의 머리를 들고 맥더프 등장

100 **맥더프** 국왕 폐하 만세! 이제 국왕이 되셨습니다. 보시오,

찬탈자의 저주받은 머리가 어디에 꽂혀 있는지.

이제 자유입니다. 제가 보기에 폐하께서는

왕국의 진주[108]들에 둘러싸여 계시며

이들도 마음속으로 저와 똑같은

105 축하의 인사를 드리고 있사옵니다.

이들과 함께 소리 내어 외치고 싶습니다.

스코틀랜드 국왕 폐하, 만세!

모두 스코틀랜드 국왕 폐하, 만세.　　　　　　　나팔소리

맬컴 과인은 오랜 시간을 들이지 않고

110 그대들 각자의 충성을 헤아려

공평하게 보답할 것이오.

---

107) 눈물을 흘린다는 뜻이다.

108) 스코틀랜드 최고의 귀족들을 가리킨다.

영주들과 친척들은 이제부터 백작이 될 것이오.

스코틀랜드에서 그와 같은 명예는 처음이오.

나아가 할 일은, 이 시대에 새롭게 시작할 일로서,

115   가령 경계 엄중한 폭군의 덫을 피해

외국으로 몸을 피한 친구들을 고국으로 불러오고,

또 죽어 버린 도살자와

스스로 목숨을 끊었다고 생각되는

악마와 같은 왕비의 앞잡이가 되었던

120   잔인한 무리들을 잡아내는 일이오.

또한, 과인에게 요구되는 다른 필요한 일들은

신의 은총으로 시간과 장소에 따라 적절히 수행해 나가겠소.

그러므로 여러분 모두에게 감사를 드리며

과인의 대관식이 열리는 스콘으로 초대하는 바이오.

나팔 소리, 모두 퇴장

노래

셰익스피어가 은퇴한 후
토마스 미들턴이 연극에 추가한 부분

노래 1 *3막 5장 끝.*

보이지 않는 정령 오너라, 오너라,

헤카테, 헤카테, 오너라!   *위에서*

헤카테 내가 간다, 간다, 간다, 간다,

가능한 빠르게,

5   가능한 빠르게,

스태들린은 어디 있지?

보이지 않는 정령 여기요.

헤카테 퍼클은 어디 있지?

보이지 않는 정령 여기요.

10   **보이지 않는 정령** 호포도, 헬웨이도,

너만 빼고 다 있구나, 너만 빼고 다 있구나.

오너라, 수를 채우자.

헤카테 기름을 부은 다음 올라가야지.

고양이를 닮은 정령 멀킨이 위에서 내려온다.

보이지 않는 정령 주어진 일을 하러 여기 하나 내려와요.

15   입맞춤, 멍청이, 피 한 모금,

왜 그렇게 오래 머무르시나요, 궁금해요, 궁금해요.

공기가 신선하고 상쾌하니까요.

헤카테 아, 왔느냐? 무슨 소식이 있느냐?

멀킨 너무나 기쁘게도 모든 일이 잘 되고 있습니다.

20   오든 안 오든,

반대해요, 반대해요.

헤카테 나는 이제 날아갈 준비가 되었구나.   *위로 올라간다*

나는 이제 간다네, 아, 날아가네.

나의 귀여운 정령 멀킨과 나는.

25   이렇게 공기를 타고 오른다는 게

오, 얼마나 고상한 즐거움인지.

달빛 곱게 비칠 때

연회를 열고 노래를 부르고 장난치고 입 맞추자!

숲 위로, 높은 암벽 위로, 산 위로

30   바다 위로, 수정 같은 분수 위로,

첨탑, 탑, 회전탑 위로

정령 군단 사이로 밤을 틈타 날아간다.

종소리 하나 들리지 않고,

늑대의 울음소리도, 사냥개의 짖음도 없고,

35   파도의 시끄러움도 없고,

우리가 닿을 수 있는 포탄의 목구멍도 없다.

보이지 않는 정령 우리에게는 들리는 종소리도 없고,

늘대의 울음소리도, 사냥개 짖는 소리도 없고,

파도의 시끄러움도 없고,

40   우리가 닿을 수 있는 포탄의 목구멍도 없다.   모두 퇴장

노래 2 4막 1장 맥베스의 등장 이전.

헤카테 검은 정령, 흰 정령, 붉은 정령, 회색 정령

모두 모두 모두 한데 어울리자, 한데 어울리자.

마녀 4 티티, 티핀, 묘약을 걸쭉하게 해야 해.

파이어드레이크, 퍼키, 마술을 걸어.

5   라이어드, 로빈, 너희가 휘저어라.

모두 둥글게, 둥글게, 둥글게, 돌고, 돌고

모든 악은 다 집어넣어, 좋은 것은 다 빼 버려!

마녀 4 여기 박쥐의 피가 있어.

헤카테 집어넣어, 오, 집어넣자!

10   **마녀 5** 여기 표범의 독이 있어.

헤카테 아주 조금만 넣자.

마녀 4 두꺼비 즙과 살모사의 독액.

마녀 5 이 재료들이 마법을 더욱 강하게 해 줄 거야.

헤카테 넣어라, 다 있다. 악취를 없애라.

15 **마녀 6** 아니에요, 여기 붉은 머리 계집 3온스가 있어요.

모두 둥글게, 둥글게, 둥글게, 돌고, 돌고

모든 악은 다 집어넣어, 좋은 것은 다 빼 버려!

[헤카테와 다른 마녀 셋 퇴장]

끝.

생애와 작품에 관하여

역사상 최고의 작가를 꼽으라고 하면 대부분의 사람들이 주저 없이 말하는 사람이 있다. 바로 "사느냐 죽느냐, 그것이 문제로다."라는 명대사를 쓴 윌리엄 셰익스피어. 사실 그에 대해 알려진 사실은 그리 많지 않다. '그에 관한 대부분의 이야기 중 진실은 5퍼센트에 불과하고 나머지 95퍼센트는 억측이다.'라는 말도 있을 정도로 우리가 알고 있는 셰익스피어는 극히 일부분일지도 모른다.

하지만 그에 관한 확실한 이야기들도 남아 있다. 그는 영국 미들랜드에 위치한 작은 마을 스트래트퍼드어폰에이번Stratford-Upon-Avon이라는 상업 도시에서 태어났다. 정확한 생일은 알 수 없지만, 1564년 4월 26일에 유아세례를 받았다는 기록이 남아 있다. 아버지는 장갑 제조업자였으며 시의회에서 요직을 맡고 있어 지역에서는 꽤 영향력을 행사하는 사람이었기에 유복한 유년시절을 보냈다.

셰익스피어는 지역에 있는 문법학교를 다니며 그곳에서 라틴어, 수사법, 고전 시에 대해 배우며 탄탄한 기초를 쌓기 시작했다. 이때의 교육이 훗날 그가 글을 쓰는 데에 큰 도움을 줬음은 분명하다.

1582년에는 여덟 살 연상인 앤 해서웨이와 결혼하였고 1583년

에는 딸 수잔나를, 1585년에는 아들딸 쌍둥이인 햄넷과 주디스를
낳았다. 당시에는 이미 아버지의 사업 운이 기울어 있던 터라 본인
이 직접 생계를 책임져야 했으나 그가 어떻게 가족을 부양했는지에
관해서 알려진 사실은 없다.

지금도 대부분의 청년들이 답답한 시골 소도시를 벗어나 중앙 대
도시에서 꿈을 펼치기 원하듯이 셰익스피어도 공연 사업 쪽에서 출
세하기 위해 도시로 나갔는데 1580년대 후반 런던에서는 배우가
인기를 얻고 부와 명성을 일구는 현상이 일어나고 있었다. 셰익스
피어의 생애를 돌아볼 때 당시 그가 어떤 삶을 살고 있었는지에 대
한 기록은 전혀 없으나 일각에서는 윌리엄 셰익섀프트William Shake-
shafte라는 인물에 대한 기록을 토대로 그가 영국 북부에서 배우로
활동한 것이 아닌가 추측하기도 하지만 어디까지나 추측일 뿐이기
도 하다.

작가이기 전에 배우였던 셰익스피어는 단역 배우로 활동을 시작
했을 것으로 추정되지만 자신이 위대한 배우가 되기에는 많이 부족
하다는 것을 깨닫는 데에는 그리 오래 걸리지 않았던 것으로 보인
다. 대신, 오래된 극에 자기만의 색을 입혀 새로운 생명을 불어넣고
진부한 극에 새로운 캐릭터와 극적 반전을 추가하면서 흥행 공식을
세워 나갔다.

그는 문학성과 대중성을 동시에 확보한 최초의 작가이기도 했다.
왕실과 대중 모두를 만족시키는 극을 쓰기란 쉬운 일이 아님에도
비극과 희극, 그리고 사극까지 넘나드는 작가였던 것이다. 덕분에
그는 그동안 많은 작가들이 자신의 작품을 헐값에 팔아야 했던 비

극적인 현실을 개선한 작가가 되기도 했다. 흥행 수익의 일정 비율을 보수로 받았으며 주식회사 형태의 극단〈체임벌린 경의 사람들 Lord Chamberlain's Men〉을 설립해 작품을 썼고 작품에 대한 저작권료를 받았다. 그리고 셰익스피어 자신도 배역을 맡아 활동을 하기도 해 출연자 명단에 이름을 올리기도 했다.

현재 전해지는 그의 작품은 희곡 28편, 소네트 154편, 장시 2편 등이 있고 제목만 남아 있는 작품도 있다. 시와 연극 형식 모두를 넘나드는 그의 능력은 왕실에서도 높게 평가하는 부분이었으며 비극과 역사극을 새로운 방식으로 발전시키기도 했다. 런던 문학계에 정통한 케임브리지 대학 출신 프랜시스 미어스Francis Meres는 장르를 넘나드는 셰익스피어의 탁월함에 대해 다음과 같이 찬사를 보냈다.

라틴어 권에서 플라우투스Plautus와 세네카Seneca가 희극 및 비극에서 최고로 손꼽히듯, 영국인들 사이에서는 셰익스피어가 두 분야의 무대 공연에서 최고의 인물로 인정받는다. 희극으로는《베로나의 두 신사》,《실수 연발》,《사랑의 헛수고》,《사랑의 노고의 승리》,《한여름 밤의 꿈》,《베니스의 상인》을, 그리고 비극으로는《리처드 2세》,《리처드 3세》,《헨리 4세》,《존 왕》,《타이터스 앤드러니커스》,《로미오와 줄리엣》을 보라.

셰익스피어가 과대평가 되었다고 지적하는 목소리도 있다. 사실 그가 쓴 많은 작품 가운데 순수 창작물은 몇 편에 불과하고 대개는 입에서 입으로 전해지는 이야기나 널리 알려진 소설과 희곡을 각색한 것들이 많기 때문이다. 그러나 당대에는 표절이나 모방은 비교적 흔한 기법이었으며 셰익스피어가 각색한 작품이 지닌 문학적 가치와 예술적 기교까지 무시할 수는 없을 것이다.

그는 약강 5보격 운문을 활용하여 마법 같은 문장을 만들어 냈고, 시의 고저와 외설적 유머의 깊이를 자유자재로 다루며 전하고자 하는 바를 재치 있게 표현했다. 언어를 통해 복잡한 인간 성격을 탐구하며 다양한 분위기를 창조했으며 복잡한 플롯을 구축하면서도 관객이 그것을 이해하는 데에 무리가 없도록 표현하는 데에 천부적인 재능을 선보였다.

그가 작품을 통해 선보인 신조어만 해도 2천여 개에 달하는데, 그가 작품에 쓴 단어 수가 2만여 개 임을 고려한다면 어마어마한 숫자임에 틀림없다. 그가 만들어 낸 갖가지 표현들은 현재에도 살아남아 다양한 관용어구가 되어 쓰이고 있다. 예를 들어 "살과 피flesh and blood - 혈육", "더러운 행실foul play - 반칙", "젊은 시절salad days - 호시절" 등이 그것이다. "가령 우리가 입만 열었다 하면 열 마디 중에 한 마디가 신조어라고 생각해 보라."라고 한 빌 브라이슨William McGuire Bryson의 말은 셰익스피어가 가진 언어적 천재성이 어떠한 것이었는지를 단적으로 보여준다.

게다가 그가 만들어 낸 인물들의 면면을 살펴보라. 중세 연극에서 흔하고 흔했던 평면적 인물들은 사라지고 햄릿, 이아고, 맥베스 같은 입체적인 인물들이 등장하며 이야기에 힘을 실어 준다. 결국 관객들은 그의 연극을 보고 본인이 극의 등장인물이 된 것처럼 이야기에 빠져 들며 더욱 열광하게 되는 것이다. 평론가인 해럴드 블

룸Harold Bloom은 셰익스피어 작품에 나오는 등장인물들을 가리켜 이렇게 단언한다. "그들은 물론 허구의 존재이다. 하지만 그 사실성은 우리의 사실성을 능가한다."

그는 배우로서 성공하겠다는 큰 꿈을 품고 런던으로 진출한 1580년대 말, 단역 배우로 활동하면서 본격적으로 극을 집필한 것으로 보인다. 1594년에는 시종장관 극단인 〈체임벌린 경의 사람들Chamberlain's Men〉의 일원이 되어 사람들 앞에 서기도 했으며 1599년에는 극단 동료들과 함께 〈글로브 극장The Globe〉을 설립하여 공동 소유주가 되었다. 셰익스피어는 문화를 사랑하고 예술가에 대한 후원을 아끼지 않던 엘리자베스 여왕 덕분에 많은 혜택을 받고 다양한 작품들을 집필하고 무대에 올릴 수 있었다. 1603년에 여왕이 죽고 즉위한 제임스 1세 또한 〈체임벌린 경의 사람들〉이라는 극단을 직접 후원하고 나섰고 그의 후원 하에서 시종장관 극단은 국왕 극단인 〈King's Men〉이 되어 다른 경쟁 극단들보다 훨씬 많이 궁정에서 공연할 수 있는 혜택을 누릴 수 있었다.

당시에는 타자기나 복사기가 없었기에 극단 단원들에게 새 작품을 알려 주는 방법이라고는 극작가가 자신이 쓴 대본을 처음부터 끝까지 읽어주고 배우들이 역할을 이해할 수 있도록 하는 것이었다. 셰익스피어는 작품을 쓴 작가로서 배우들을 지도했을 것이며 극에 사용될 소품이나 배우들의 의상, 극의 효과 등에 대해서도 꼼꼼히 살피는 임무를 갖고 있었을 것이다. 그가 직접 연기를 위해 무대에 올랐다는 공식적인 기록은 없지만 그에 관해 남아 있는 몇 안 되는 기록들을 두고 연구하는 학자들에 의하면 셰익스피어 본인은 종종 왕 역할을 맡기도 했던 것으로 보인다.

셰익스피어의 작품은 장르별로 크게 희극Comedies, 비극Tragedies, 역사극Histories으로 나눌 수 있는데 어느 한 분야 치우치지 않고 고르게 문학성과 대중성을 확보했다는 데에도 의의가 있다. 그가 시대와 시절을 넘어 아직까지도 많은 나라에서 사랑 받으며 영미문학의 대가로 추앙 받는 이유가 바로 여기에 있다. 그가 쓴 작품들은 미술과 음악에도 지대한 영향을 끼쳐 그의 작품을 토대로 한 또 다른 작품 세계가 만들어질 정도다.

이 천재적인 작가는 1616년, 원인을 알 수 없는 이유로 52세의 삶을 마감하게 되었고, 그가 죽고 난 뒤에 동료 배우들은 그가 남긴 작품들을 모아 《희극, 역사극, 그리고 비극》이라는 전집의 공인본을 만들어 1623년에 대형 이절판으로 출판했다. 사람들은 이 책에도 열광했고 지금까지도 다양한 판본으로 전해지며 그의 명성을 이어주고 있다.

> 그대의 책이 살아 있는 한 예술이 살아 있고
> 우리에게는 읽을 지혜와 보낼 찬사가 있으니……
> 그는 한 시대가 아닌 전 시대의 작가이다!

-이절판 권두에 두 편의 찬양시를 기고한 동료 극작가
벤 존슨의 추모 글

윌리엄 셰익스피어 작품 연보

1589-1591 《페버셤의 아든Arden of Faversham》 (부분 집필 가능성 있음)

1589-1592 《말괄량이 길들이기The taming of the Shrew》

1589-1592 《에드워드 3세Edward the Third》 (부분 집필 가능성 있음)

1591 《헨리 6세 2부The Second Part of Henry the Sixth》 (원제는 《두 명문가 요크가와 랭커스터의 분쟁 1부》이었으며 공동 집필 가능성 있음)

1591 《헨리 6세 3부The Third Part of Henry the Sixth》 (원제는 《요크 공 리처드의 비극》이었으며 공동 집필 가능성 있음)

1591-1592 《베로나의 두 신사The Two Gentlemen of Verona》

1591-1592 《타이터스 앤드러니커스The Lamentable Tragedy of Titus Andronicus》 (조지 필과 공동 집필, 혹은 조지 필의 이전 판본 개작, 1594년에 개작된 것으로 추정)

1592 《헨리 6세 1부The First Part of Henry the Sixth》 (토머스 내시와 다른 작가들과의 공동 집필로 보임)

1592/1594 《리처드 3세King Richard the Thrd》

1593 《비너스와 아도니스Venus and Adonis》 (시)

1593-1594 《루크리스의 능욕The Rape of Lucreece》 (시)

1593-1608 《소네트sonnets》 (시 154편, 저자 문제로 논란이 불거진 시 《연인의 불평 A lover's Complaint》과 함께 1609년 출판됨)

1592-1594/ 《토머스 모어경Sir Thomos More》 (앤서니 먼데이 원작의 희곡을 위해
1600-1603 단일 장면 집필, 헨리 체틀, 토머스 데커, 토머스 헤이우드에 의해 개작됨)

1594	《실수 연발The Comedy of Errors》
1595	《사랑의 헛수고Love's Labour's Lost》
1595-1597	《사랑의 노고의 승리Love's Labour's Won》(다른 희극의 원제가 아니라면 소실된 작품)
1595-1596	《한여름 밤의 꿈A Midsummer Night's Dream》
1595-1596	《로미오와 줄리엣Romeo and Juliet》
1595-1596	《리처드 2세King Richard the Second》
1595-1597	《존 왕The Life and Death of King John》(더 이전에 쓰인 작품일 가능성이 있음)
1595-1597	《베니스의 상인The Merchant of Venice》
1595-1597	《헨리 4세 1부The First Part of Henry the Fourth》
1595-1598	《헨리 4세 2부The Second Part of Henry the Fourth》
1598	《헛소동Much Ado About Nothing》
1598-1599	《열정적인 순례자The Passionate Pilgrim》(시 20편, 일부는 셰익스피어의 작품이 아님)
1599	《헨리 5세The Life of henry the Fifth》
1599	《여왕 폐하에게To the Queen》(궁정 공연의 에필로그)
1599	《뜻대로 하세요As You Like It》
1599	《줄리어스 시저The Tragedy of Julius Caesar》
1600-1601	《햄릿The Tragedy of Hamlet, Pince of Denmark》(이전 판본의 개작으로 보임)
1600-1601	《윈저의 즐거운 아낙네들The Merry Wives of Windsor》(1597-1599 판본의 개작으로 보임)
1601	《목소리 큰 새가 노래하게 하라Let the Bird of Loudest Lay》(1807년 이후 《불사조와 거북The Phoenix and Turtle》으로 알려져 있음)
1601	《십이야Twelfth Night, or What You With》
1601-1602	《트로일로스와 크레시다The Tragedy of Troilus and Cressida》
1604	《오셀로The Tragedy of Othello, the Moor of Venice》

	《자에는 자로Measure for Measure》
1605	《끝이 좋으면 다 좋아All's Well That Ends Well》,
1605	《아테네의 티몬 The Life of Timon of Athens》(토머스 미들턴과 공저)
1605-1606	《리어 왕The Tragedy of King Lear》
1605-1608	《4편의 희곡 모음집》에 기여(대부분 토머스 미들턴이 집필한 《요크셔 비극》 외에는 소실되었음)
1606	《맥베스The Tragedy of Macbeth》(현존하는 텍스트에는 토머스 미들턴이 추가한 장면이 포함되어 있음)
1606-1607	《안토니와 클레오파트라Antony and Cleoptra》
1608	《코리올레이너스The Tragedy of Coriolanus》
	《페리클레스Pericles, Prince of Tyre》(조지 윌킨스와 공저)
1610	《심벌린The Tragedy of Cymbeline》
1611	《겨울 이야기The Winter's Tale》
1611	《템페스트The Tempest》
1612-1613	《카르데니오Cardenio》(존 플레처와 공저, 루이스 시어볼드의 《이중기만Double Falsehood》이라는 제목으로 나중에 개작된 판본으로만 남아 있음)
1613	《헨리 8세Henly VIII : All Is True》
1613-1614	《두 귀족 친척Two Noble Kinsmen》(존 플레처와 공저)